U0097582

GAEA

獵命師傳奇

FateHunter

獵命師傳奇系列【卷六】

九把刀Giddens著

「不可詩意的刀老大」之

譁衆取寵的爛毛病

要說一件很無聊的事，因爲我大學念的是一間很無聊的大學，交大。

之所以說我親愛的母校很無聊，是因爲敝校是間男女比例七比一的和尚廟，跟男塾沒什麼差別，除了愛打電動的廢物，其餘的資優生都忙著在系所地下室裡研發無敵鐵金剛。

除了個性無聊，我還是個不帥不高，頭髮又捲，走起路來會習慣一邊打拳擊的怪人，又常穿短褲加汗衫加藍白拖鞋啪啪啪啪去上課，就差沒有走路含牙刷，除了「怪」這個字有點特色，其餘都是零分。

但我跟每一個男生一樣，都喜歡可愛的女孩。這下要糟，競爭力超差。

剛升大二的夏天，看起來超新鮮的漂亮學妹，終於在無數期待下進到敝校，好多好多，讓我體內的各種荷爾蒙跟酵素跟什麼鬼的通通爆發出來，三不五時就跟幾個同樣是光棍的室友到女舍「竹軒」前巡邏。

哼哼，大一的時候我們這群小鬼拚不過超熟新竹又兼裝成熟的學長，只能眼睜睜看著自己系上的女同學接二連三淪陷爲學長的禁臠。

現在，我也是學長！

「九把刀，你要交女朋友就看現在了。」王一顆嘆氣。

「爲什麼？」我不解。

「如果你有神經病這件事被傳開了，恐怕就沒機會了。」機八淵冷笑。

「嗯，這麼說好像也有點道理。」我不得不承認。

但，要追誰呢？

「施主，這個問題要問你自己。」石不舉提醒我。

「那個叫黃聖芬的，我看了很有那個feel～耶。」我搔搔頭。

「喔，黃聖芬喔，我有印象，還不錯喔。」石不舉。

「不錯喔。」王一顆。

就這麼定案，倒楣的黃聖芬就成爲無厘頭魔人的犧牲者。

當天晚上，很窮的我跑去清大夜市抱了一大束不配有名字的花，興沖沖地在男舍裡狂踢每個寢室的大門，要忙著打電動的大家一起出去幫我加油打氣。

現在想起來，眞的是一點長進也沒有。

一群人浩浩蕩蕩跟著我到女舍樓下，看我捧著一大把花在門口踱步盤算。

「不好意思，可以請黃聖芬下來一下嗎？」我請人傳話。

五分鐘後，樓上某間寢室的窗戶打開，旋即飛快關上。

唉，那是個好人牌還沒被研發出來的年代，所以黃小姐連親自丟我一張好人牌的心情也沒有。就一眼，我就出局了。

「靠，九把刀，現在怎麼辦？」石不舉幸災樂禍。

「沒辦法了，只好回去啊。」我看著花。

唉，好可惜，好幾天的滷肉飯就這樣變成阿里不達的植物。

「不。」王一顆搖搖頭。

「啊？」

「我覺得黃聖芬是在害羞。」王一顆摸摸下巴。

「害羞？」

「肯定是害羞。」王一顆正經八百。

「害羞一票。」石不舉背對著我，身體顫動。

「害羞加一票。」機八淵也將頭撇了過去。

原來是這麼一回事。

於是，我大剌剌地站在女舍門口，用丹田運氣呼喊，不，是叫吼……

「黃聖芬！給我出來！」

身後的大家整個愣住。

「黃聖芬！給恁爸出來！」

我越吼越粗俗，大家整個不能置信。

眞不夠意思。我迴身一個手勢，身後的好事者像是獲得解放，紛紛跟著大吼。

「黃聖芬！出來！幹！出來！」

「管科九〇黃聖芬！給恁爸出來！」

「出來!靠夭!黃聖芬妳給我出來!」

「黃聖芬!出來!靠!出來!」

大家像流氓一樣，朝著女舍窗口使勁大罵大吼，惹得女舍窗戶紛紛轟轟打開，對著底下的頑劣鄉民們憤怒瞪眼，有的甚至對罵了起來。

但大家沒有我的手勢是不敢停的，只有越來越使勁叫喊的份。

終於，有個女生開始大叫：「哪個是黃聖芬!快點出去啦!」

於是，黃聖芬臭著一張臉跑出來，一言不發，從我手裡搶過那束滷肉飯，頭也不回跑進女舍。

大家一片靜默，看著我。

於是，一夥人跑去清大夜市，吃著來來豆漿做此次作戰計畫的反省與檢討。

「靠，是誰跟我說黃聖芬是害羞啦?」

大家只顧低著頭啃燒餅，專心得連芝麻摔在油膩膩的桌子上，都萬分捨不得地撿起吃掉。沒人吭聲。

「其實，我剛剛看黃聖芬的眼神，根本就是偷偷喜歡你。」王一顆小聲說道。

……………

「混蛋！還我兩個禮拜的滷肉飯！」

獵命師傳奇

目錄

〈參見，上官傳奇〉之章

第142話

台灣，彰化鹿港小鎮。

古色生香的三合院老宅子裡，對著爬得老高的小月亮，一老一少的身影。

一個剛滿十六歲的男孩，上身瘦巴巴的赤裸，大半夜的還對著一大桶燒紅的鐵珠子，滿身大汗地攢手入桶，辛苦地攪起沉重又極燙的鐵珠子。

這個孩子希望有個不凡的人生，卻有個極其平凡的名字。

陳木生。

距離可以報名進入台灣秘警署受訓的年齡限制，還有兩年。這是陳木生最殷殷期盼的大事，也是他追求的一生志業。

「師父，你的身手這麼好，怎麼不快點加入山羊叔叔的秘警署啊？我看他三天兩頭就找你喝茶，你不煩，我都看煩了。我看還是趁早填了報名表吧，不然我要是比你早加入秘警，你以後就要叫我學長了，這樣會造成我的困擾。」陳木生汗水如豆，說得挺認眞。

陳木生一邊喘呼呼地說話，一邊用力練習鐵砂掌，根本不在意內家功夫最講究的「呼吸吐納」，因爲他的「現任」師父告訴過他四句至理名言：

在實戰中無法保持的技巧，全都是華而不實的廢物；以最平常心鍛鍊身體的技藝，才能保證身體在最不公義的環境依然不背棄自己。

「啊哈，這個說起來就難爲情了。」師父搔搔頭，兩隻腳踢著毽子。

師父年約三十五，長得很有喜感，就是那種任何人都無法「覺得長得很認眞」的那種「半調子的臉」。師父綁了一束類似清朝時期滿洲人綁的長辮子，但一點也沒有認眞綁的結果，那條辮子倒像是一把壞掉的馬尾。

簡單說，就是這輩子不會有女人想要跟他交往的那種不修邊幅。

「到底有什麼難爲情？」陳木生用力插著鐵沙桶，嘿呦，嘿呦。

「因爲我好端端的幹嘛不把時間花在練功夫上，要去幫警察打什麼吸血鬼？說實話，我這個人一點社會責任感都沒有啦，更糟糕的是，就算我知道自己很糟糕，但我還是一點都不想改，哎哎，一個人眼巴巴追求武道，一天到晚流汗，不覺得很自在很充實麼？哈哈。」師父高高踢起毽子，雙手攬後，整個身體隨著雙腳連踢，東搖西晃的。

這踢毽子的功夫聽起來可笑，看起來卻是教人撫手嘆絕。

師父一口氣踢了十二個毽子，有高有低，有左有右，節奏看似紊亂紛雜，但一切都在師父優異的腳力控制中。他若要每一個毽子踢到半空中的高度都一樣，就不會有一個毽子飛起來特別高。有時師父刻意放慢踢擊的速度，讓自己處於非常驚險的狀態，卻又樂在其中。

接著，師父又加了七個毽子進來，用全身上下每一束肌肉去應付十九個滿天飛舞的毽子。肩膀、頭頂、胸口、小腹、手臂等等，全都輕輕鬆鬆地「發勁」，用肌肉彈性與體內氣流的完美組合，將毽子給牢牢吸住，復又瞬間蹦上半空。

一盞茶的時間過了，十九個毽子從沒落過地。

「師父，你追求的武道，如果不拿來打壞人，根本就是一團狗臭屁。」陳木生冷冷說道，語氣極其不屑。

「見笑了。」師父打哈哈。

「……師父，你再這樣子下去可不行，遲早會走火入魔！」陳木生怒道。

「啊哈，別的事我沒把握，走火入魔我可信心滿滿，時候到了肯定如此！」

「……」

這兩個師徒都極爲彆扭。一個總是嘻皮笑臉，一個二十四小時正經八百。

在這個世界上，恐怕沒有比他們還要彆扭的師徒檔。

怎麼說？

博覽群拳的師父，因爲自己的本名叫「唐郎」，最後決定苦心致志在螳螂拳的造詣上。螳螂拳講的是靈活刁鑽，險中求勝，一出手拆筋斷骨的凌厲，一拐腳就摔得對手心膽碎裂的陰狠。而師父的螳螂拳，快勝閃電，慢比巨鉗。

但他這位死腦筋的徒弟，卻只肯練鐵砂掌的笨功夫，除了一個誓言，陳木生還深信最笨拙的「路」，才是通往成功的不二「捷徑」。於是除了跟師父練習對打外，陳木生就是一股傻勁通到底地，用雙手死命抽插乾熱的鐵沙。

兩人一巧一拙，竟成師徒。

這種荒誕的情況要從好幾年前說起。

四年前，十二歲的陳木生原來有個練鐵砂掌的大塊頭師父，叫老鐵。

老鐵跟這位習練螳螂拳的師父老唐素有交情，兩人時常相約比武，雖然老鐵總是一勝難求，卻不減兩人交情。打來打去，不意外成了莫逆。

然而有一天，老鐵到醫院檢查，發覺自己得了末期肝癌，生命走到了盡頭。

「老唐，趁還沒死，我決定去驗證一下我老鐵苦練三十年的鐵砂掌，在亞洲第一飛刀面前可以有多大本事！」

「哇！你真夠氣魄的！但你得找得到那把飛刀再說啊！啊哈！」

「是！我已經用我最後的存款，請人在《蘋果日報》裡夾廣告單，約那把飛刀在一個禮拜後，他奶奶的玉山山頂決鬥！不是他死，就是我亡！」

「不會吧，那裡有夠冷的。不過，為了見識見識那吸血鬼的飛刀有多厲害，順便幫你打包收屍，我也會跟著上去觀戰的！」

「夠意思！還有，如果我死了，你就收容我這個傻徒弟吧！他資質有限，把他教到有我一半厲害就可以了，不需要太勉強！」

「好啊，一言為定，我絕不會教得太勉強。」

一個禮拜後玉山山頂，老鐵在日出雪融的瞬間，摸著自己喉嚨上的乾冷刀柄，傻呼呼地看著雲海。翹毛了。

毫無懸念的一場對決。

特來觀戰的老唐將老鐵的屍體扛到了山腰，找了一個現成樹洞埋了❶。

老鐵的死，讓小小年紀的陳木生相當悲憤，直嚷著一定會爲師父報仇。

「報仇？要比武，當然有輸有贏啊；說好了要拚命，結果自己提早回老家，怎麼可以怪對手無情？哎哎，反正你師父本來就快死了，死在比武裡，總是比躺在病床上怕打針唉唉叫唉到死，來得有骨氣一點不是？」老唐拍拍哭泣的陳木生。

「混蛋！我要那個叫上官的惡魔死在我的鐵砂掌底下！我發誓！我發誓！」陳木生

號啕大哭，看著紅通通的雙手。

「隨你便啦，年輕人有點志氣、胡亂許點願望也是正常的，你就好好努力吧。不過我可不會鐵砂掌，你就自己亂練一通吧，反正有練總是比沒有練來得強，多練，不吃虧的！」老唐就這麼亂七八糟地收了陳木生當徒弟。

一個並不學螳螂拳的笨徒弟。

---

❶事情的真相陳木生永遠不會知道。那天老唐發懶不想挖洞埋屍，所以老唐其實是把一頭正在大樹洞睡覺的大黑熊給拍醒，手腳幾個起落後，便將僵硬的老鐵給扔進大黑熊舒舒服服的窩，再堆了幾個大石頭塞住，趁大黑熊還沒醒來匆匆下山逃逸。

第143話

那場玉山頂的觀戰，也讓老唐的心中起了變化。

天底下有多少人的武功比老唐還高，老唐並不清楚，也不是那麼在意。老唐追求的是自己沾沾自喜的武道，而非敗盡天下英雄的獨強。

也因此，對號稱「最強」的吸血鬼傳說，唐郎也沒有抱著特別的想法，只曉得比自己還要遜上三籌的老鐵絕非他的敵手。說要去收屍，就是眞的去收屍，可不存幫拳的念頭。

但那個使著飛刀，叫做上官的吸血鬼，委實教人敬佩。

老鐵將廣告單樣的戰帖夾在《蘋果日報》發送的做法，愚蠢到近乎可笑的地步，但儘管如此，那個男人還是帶著敬意爬上了玉山，賭上了與日出爭時的命，與老鐵打了場名符其實的死鬥。

那分極其隨性的武者風範，比起他那快速絕倫的飛刀，絲毫不遜色半分。

「這世上，怎麼會有那樣的人？」老唐看著老鐵頸子上，那柄黯淡的飛刀嘖嘖。

□

老鐵死後，一個綽號「山羊」的秘警長官就常來找老唐喝茶。

山羊是個留著山羊鬍的瘦瘦中年男子，在秘警界是個拔尖兒的人物，也是許多吸血鬼獵人的舊長官。山羊手腳功夫是不行的，槍法也只是普通，但山羊在資訊的掌握及警力資源的運用，的確是個重要的角色。

常聽許多獵人對老唐螳螂拳功夫的拜服，伯樂如山羊，對於老唐早有收編之心。但老唐一向大隱隱於市，只顧琢磨自己的拳道，卻沒有替任何組織賣命的念頭。

山羊深諳急不來的種種道理，所以也沒認眞說服，只是聊天也挺好。

三年前，是夜。

鹿港三合院。

「見過了上官，你有什麼想法？」山羊燒著茶水。

「他的飛刀我接是接不住的，但他的拳腳……」老唐說，陷入沉思。

一年前的戰況，依舊歷歷在目。

「我聽跟他交過手的幾個獵人說，上官的武功只在堪堪贏過對手一招的程度，卻從未敗過。此話可真？」山羊說，茶漸漸滾水。

「我看是真的，在上官跟老鐵對打的時候，我邊看邊想，如果老鐵立刻跟我易位，我肯定在二十招之內就可以把上官撂倒。」老唐回想。

「但是？」山羊笑笑。

「但是，如果我真的跟上官交手，我想他的拳腳也會堪堪勝過我分毫，然後逮了個縫將我一下子痛扁在地上，最後從天外飛來一把小刀，把我的小命牢牢釘在山上。毫無意外的結果……每個人，都只會輸上一招。」老唐皺眉，神色卻沒有一絲不服。

「活脫，就是古龍小說裡小李飛刀與楚留香的合體嘛。」山羊哈哈笑道。

老唐對上官「強弱」的體悟，山羊早就猜到，畢竟這也是他的好友——獵人協會會長，馬龍——對上官的評價。

「至少，從現在開始我的武道終於有了點方向，但究竟是什麼方向，我自己現在也搞不太清楚，哎哎。」老唐若有所思，看著小小年紀的陳木生睡倒在大樹下。

「如果先生的武道方向，轉到了我一直希望先生合作的那條道路，還請先生不忘爲國家社會服務。」山羊微笑，倒茶。

山羊知道，他終究會等到他要的東西。

終於，三年後。

在捉捉摸摸武道模糊的方向時，那鼓「希望變強」的意念灌注在千錘百鍊的修行裡，老唐的螳螂拳比起當年在玉山山頂觀戰時，不知增強了多少，深化了多少。

他突然想知道一個答案。

「山羊。」

「？」

「讓我去上官身邊做臥底吧。」

第144話

台灣的吸血鬼勢力並未跨及政治版圖，而是以許多黑社會幫派爲主要的構成。

爲了社會安定必須隱瞞吸血鬼的存在，台灣的秘警署遵從各國秘警署的協定綱領，並不以嚴酷的火力圍剿爲依歸，而是以斷斷續續的查緝行動，堅忍地防止吸血鬼的勢力擴大。

除了少數的獨行俠，吸血鬼的地下社會以黑奇幫，赤爪幫，哲人幫，綠魔幫，國度幫，無名幫等等約莫二十多個幫會爲群聚，其中以黑奇幫爲台灣第一大幫。

實力等同於勢力，上官就是黑奇的二當家，輔佐年老力衰的壺老爺子。

吸血鬼就跟人類一樣，同類之間並非統合，而是高度的憂患競爭與利益聯盟。

由於與政治經濟體高度結合（甚至統御），日本是東亞吸血鬼勢力最龐大的一支，武力等同一國的軍事力，在理念上承襲千年來的「圈養人類以爲食用」❷，與台灣吸血鬼的「自由獵食主義」極度背反。

更因爲歷史上的不愉快，台灣吸血鬼非常痛恨日本吸血鬼，這種恨意也揭示在地盤的衝突上。所以儘管大小幫會之間衝突不斷，但基本上台灣吸血鬼的立場在共同抵禦日本吸血鬼的侵略下，卻是有志一同。

在這樣的奇妙制衡的條件下，秘警不至圍剿台灣自家的吸血鬼幫會，免得地下社會的世界反被外來的他國吸血鬼給掠奪，造成更嚴重的問題。

然而，山羊對始終不跟人類政府打交道的黑奇幫無法放心，尤其是黑奇幫的精神領袖上官，他始終與秘警劃清界限的態度，讓山羊覺得此號人物一定是個大患。

是的，並不需要除掉上官，那反而會導致幫會間勢力失衡，橫生枝節。但山羊非常想放幾隻眼睛在上官身旁，幫秘警盯著上官到底在想什麼，在做什麼，跟什麼樣的勢力接觸，有無開啓戰爭的打算等等。

那幾隻眼睛，就是臥底。

□

今晚，三合院多了一位客人。

一個戴著墨鏡，穿著亮黑皮衣皮褲，染著凌亂紅髮的高瘦男人。

越來越壯的陳木生在一旁幫忙燒茶，對新來的這位客人也感到很好奇。

陳木生資質雖然魯鈍，卻也感受那紅髮男子身上的「強」，這種感覺讓陳木生不由自主感到興奮。而半途充當的師父終於要加入秘警的行列，也讓陳木生打從心底神氣起來，走路有風。

「你好，我叫賽門貓。」紅髮男子伸出手，嚼著口香糖。

「啊哈，我唐郎是也。」老唐伸出手，輕輕一握，感覺到對方也是個練家子。

「賽門貓是截拳道的一流好手，原來是秘警署裡特種部隊的小隊長。一年前，爲了此次的臥底計畫，賽門貓刻意犯下多起公共危險罪被秘警署退訓，現在則是封閉檔案內的隱藏人物，如果層級不夠高的秘警警官，根本不知道這個具有重傷害、傷人致死、公共危險前科的賽門貓依然是我們自己人。」山羊介紹。

「嗯。」老唐點點頭。

「賽門貓是此次臥底任務中與你搭檔的夥伴，彼此有個支援照應。除了一身功夫，賽門貓也是個圓謊高手，對保護你的身分大有幫助。」山羊介紹，拍拍賽門貓的肩膀。

「久仰大名，那就不囉唆，領教一下你的螳螂拳先。知道彼此的能耐也是互信的一環，還認同這個觀點吧？」賽門貓摘下墨鏡，隨手遞給山羊，抖抖肩膀。

賽門貓漫不在乎地擺起架式，連腳步都踏不穩似的吊兒郎當。

正在燒水的陳木生隱隱一驚，那賽門貓表面上處處都是破綻的姿勢，卻隱藏著瞬間近身的「寸擊」必殺。

如果沒有抱著硬捱一擊的覺悟，根本沒辦法接近賽門貓的「空間」裡。

「可以是可以，不過我怕等你醒過來，天都亮了。我們還是等山羊講完再開打吧。」老唐直話直說，可沒輕侮人的意思。

賽門貓冷冷地瞪了老唐一眼，這個傢伙不過大自己一輪歲，就以爲自己天下無敵了麼？要知道，如果開創截拳道的李小龍破土回世，也不會是自己「新截拳道」的對手。

山羊莞爾，親自爲兩位即將到上官身邊臥底的死士倒茶。

動不了手，賽門貓取回了墨鏡，面無表情站在一旁。

「吸血鬼的體質何等怪異、文化何等懸殊，以往有兩個長期研究吸血鬼的一流秘警經過一年培訓，練習喝生血、吃生肉、在兩秒內辨識出人血與動物血液、鍛鍊可怕的肌力等，最後偽裝成吸血鬼混入黑奇幫探秘，結果不到兩天，他們的腦袋被放進乖乖桶糖果禮盒寄回警署裡。額頭上刺著『上官』兩個血字。」山羊緩緩說道：「吸血鬼的體溫跟我們人類差異太大，光這一點就很難瞞過上官身邊的那群好手，何況是上官本人。」

賽門貓早就知道這個懸念的答案，但玩世不恭的他根本不在乎。

「所以，爲了眞正融入吸血鬼的圈子，沒有別的方法。秘警署已經活捉到一個哲人幫的小吸血鬼混混，我們打算強迫他將兩位咬成貨眞價實的吸血鬼。」山羊捧著漸漸冷掉的茶水，沉靜地說道：「要跟兩位鄭重說明的是，此次臥底任務的代價，無論成功與否，兩位永遠都無法回到人類的身分，註定黑暗一世。」

賽門貓悶哼了一聲，而老唐也沒什麼疑義，只是聳聳肩。

自己是什麼樣的人，根本不是「人類」或「吸血鬼」這樣的大標籤可以定義吧。

「師父！萬萬不可！」陳木生卻大駭，這種臥底的方式未免也太可怕。

「？」老唐。

山羊看著十六歲的陳木生。實在是礙事的孩子。

「師父！你是傻了嗎！你這麼做根本就拋棄了一個人類的尊嚴！」陳木生氣急敗壞，站在老唐面前大吼大叫。

賽門貓側目，逕自走到一旁點了支菸，不想太過靠近他們師徒之間的爭執。

「我想過了，我實在是太喜歡鑽研武道了，這輩子就這麼一個興趣。如果可以藉著這個機緣變成吸血鬼，除了可以跟那個男人一較高下，也能在永恆的生命裡繼續追尋螳螂拳的登峰造極，這樣不是很像我做的事嗎，哈哈！」老唐坦白說道，笑笑地，並沒有生氣。

「狗屎蛋師父！你難道忘記我上個師父是被誰殺死的——他是被一頭惡名昭彰的吸血鬼給殺死的！如果你今天一定要跟那男人一較高下，就要堂堂正正去做，變成另一頭吸血鬼算什麼！算什麼！」陳木生怒急攻心，一掌朝老唐呼將而出。

這一掌，簡直就是犯了師徒大忌。

「木生，你上個師父，是死在自己的武道上。」老唐淡淡滑出勾手，用懸腕架住陳木生挾著薄薄氣燄的鐵砂掌。

陳木生一踏腳，臉都氣紅了，卻無法前進半毫。

「你不要騙我！你根本不是想要報仇，你這個大笨蛋只是想接近那個男人，看看他到底有多強對不對！在你的心中根本就沒有像樣的報仇念頭！」陳木生氣的眼淚都滑下來了，在小小的臉龐上震動。

忽地陳木生又一掌推出，這次卻劈了個空。

老唐腳底一抹，已溜滴滴滑到陳木生的背後。

「是沒有啊，從頭到尾我都沒提過『報仇』兩個字啊，我說的，可是跟那個男人一教高下，還有追求武學的究境……至於什麼捨身爲國的，實在跟我沒有干係，只是碰巧可以替山羊做點事罷了。」老唐嘆氣：「讓你失望了，可我也沒有辦法啊！」

老唐揮揮手，跨出了門檻。

「狗屎蛋師父！你被逐出師門了！」陳木生暴跳如雷，瘋狂地抓起燒紅的鐵桶，一用力，便將裡頭的鐵砂全都摔翻，滾燙的砂礫在地上刷出黑色的焦煙。

陳木生快步走到山羊面前張開嘴巴大吼，山羊愣了一下，只好起身離開三合院。

但陳木生一路跟著山羊，死命朝著山羊的耳朵沒停過地大吼，震得山羊臉色發青，直到山羊上了車關上門踩滿油門才終於清靜。

至於等著打一場好架的賽門貓，若無其事地在大樹下抽完了他的菸。但那對鬧翻了的師徒倆卻一直都沒有回來，只留下滿地漸漸冷去的黑砂。

賽門貓沒有小憩，因爲天就快亮了。

「趁著還能夠走在陽光底下，多看看那顆不滅的恆星吧。」

賽門貓摘下墨鏡，睜大眼睛。

❷ 此為開啟大東亞侵略戰爭的價值因素。

日本吸血鬼的體制相當嚴明，以當初徐福帶往日本的兩大部族為主幹，分別為稀少的貴族「白氏」，與後來大量繁殖的武士「牙丸」。白氏的腦部曾歷經集體突變，擅長幻術的精神戰鬥。牙丸武士則在肉體武鬥上展現不凡的造詣，負責保護吸血鬼的地下社會資源，並與任何敵人進行直接了當的戰鬥。

白氏在皇城佔有舉足輕重的地位，所以並不插手治安等太過煩瑣的問題，以修行或享樂為主，有個崇高的長老會，可以隨時質疑牙丸禁衛軍的運作。

過去牙丸武士經常與白氏處於在血天皇前爭寵的局面，但是在血天皇數百年皆未曾公開露面的情況下，這種局面逐漸分化，使得白氏與牙丸的關係越來越疏遠，各行其事。所謂「大東亞共榮圈」基本上是牙丸武士為了擴張自身勢力的侵略戰役，為了將自身的價值凌駕在慣於逸樂的白氏貴族上。

第145話

毒牙，最終還是刺進英雄的血液裡。

老唐與賽門貓被秘警擄獲的吸血鬼感染成吸血鬼後，在東部山區藏匿了好一陣子，等待新身體的機能漸漸再度被自己熟悉爲止。

若撇開懼怕陽光與銀的缺陷，吸血鬼的體質對普通的人類來說，是極爲優異的「進化」。感染後，只要一經人血進食，不日肌力便會增強許多，爆發力倍增，能夠做出難度很高的三度空間行進，另一方面，動態視覺與夜視能力也會更優數倍。

但對於早已掌握了「氣」流動的武術家，變成吸血鬼將歷經一個痛苦的過度期。

吸血鬼的怪異體質天生不適合所謂的「氣場」運行，武術家在感染成吸血鬼後，反而會顯得虛弱，無法使用氣功，無法氣隨身轉，無法聚氣，一身功夫簡直就成了肉打肉的純粹搏擊術。許多武術家變成吸血鬼後，就完全喪失了過去的自己，用時下最新的線上遊戲用語，就是「砍掉重練」。

然而堅可戰天，還是有少數的武術家能夠捱過對新身體的厭惡與不適應，重新找出原先存在於舊身體裡的「氣」，耐心地將之引導出來，一步步用微弱的氣緩緩打開奇筋八脈，將新身體調整成足堪負荷內力的肉甕。

老唐經常用盤坐，用疾動，用吐納，用大吼，種種方式去喚醒體內的氣場，往往汗流浹背，皮膚燥紅，毛髮掉了又生，生了又掉。十分辛苦。

賽門貓的截拳道原先就沒刻意走氣，感染後一下子就恢復精神，而且還比以前敏捷上不少，拳如風，腿離影。賽門貓與改名成「螳螂」的老唐在樹林裡交手，場場占盡上風，打得脾氣好的螳螂都動了眞怒。

但到了第三個月，螳螂身上的氣完全回流後，賽門貓就常常在幾個眼花撩亂的鬼影間，莫名其妙失去意識。

「有你的。接下來，我們應該怎麼做？」賽門貓醒來後就聞到泥土氣味的草地香，一睜眼，就看著滿天星星。

「不知道，我沒主意。是不是該去上官那邊啦？我跟上官四年前打過照面，不算太生。」螳螂吸吮著一個逐漸死去的人類鮮血。

這個倒楣的犧牲者是落單的迷路登山客，夜裡在山澗遇上了武功卓絕的吸血鬼，當然沒有活路。螳螂將神色迷惘的登山客推向賽門貓，賽門貓毫不客氣地接住。

生獵活人，他們逐漸習以為常。

「萬萬不可，我們應該繞個遠路比較安全。我們先加入綠魔幫或赤爪幫，然後再製造幫派衝突，找機會投靠到黑奇的人馬。到時候，我們的經歷可有得說，一點也不唐突。」賽門貓咬住登山客的頸動脈，登山客眼睛瞪大，喉嚨間嘔了一聲。

「論拳腳你得叫我聲祖師爺，論計謀，我就得叫你老大了，就聽你的吧。」螳螂躺下，看著滿天星星。

沒有流星，只有唧唧蟬鳴。

那個老是沒大沒小，愛跟自己對衝的笨徒弟，現在一定氣呼呼地，對滿桶的鐵砂不斷突刺又突刺吧？他的掌上功夫帶著這樣的恨意，功力必定突飛猛進。

但那笨徒弟的心裡，一定還是很不能認同自己追求的永恆武道吧……

師父，眞的走火入魔了。螳螂擦去嘴角的血漬。

第146話

半年後，這兩個肩負窺伺上官重任的秘警臥底，在幾個游離幫派間流浪了一陣，終於輾轉來到黑奇幫的核心。也因爲一身卓絕的武功或靈活的腦袋，很自然變成上官身邊的左右手人物。

上官，一個額上烙印著青色疤痕的吸血鬼。

在上官成爲吸血鬼短短一百多年裡，僥倖見識過他淩厲手段卻苟活下來的吸血鬼，給了這個強者許多令人生畏的稱號。

雙刀上官。五刀上官。九刀上官。霹靂手上官。飛刀上官。死神上官。佛手上官。

每個稱號都代表著上官不同時期的招牌功夫，與性格。

每個稱號的背後，不是滿地的敵人屍骸，就是一段男子漢間不言而喻的情誼。

但上官這個傳說中的吸血鬼，越是接近，個性就越是透明，不過就是一個典型的大哥型人物，不難親近，卻有股天生的奇妙威嚴。

總之上官的形象距離秘警與獵人間穿鑿附會的種種傳說，是越來越遠。

「不要惹太難收拾的事就好。」上官偶爾會說這句話，但也沒別的要求。

「沒事的話，那個……大家自由解散！」上官的名言之一。反正也是事實。

上官會跟大家一起在黑奇幫的「飯堂」，集體吸食從醫院或地下管道流配出來的真空包裝血漿，但偶爾也會自行出外獵食，宰了哪些人大家也不清楚，也沒人敢過問。

上官一天保有幾個小時的隱私，卻也不是很介意有人跟著他，但保持沒話說的調調也是常有的事，所以平常時大家都各做各的事，等到有大事件發生時，上官老大自然會將所有的夥伴都聚集起來。

□

天台上。

「老大。」螳螂將吃到一半的便當放在地上。

「?」上官啃著排骨。

「今天可以跟我打一架嗎？我一想起你跟老鐵那一戰，我就超想把你打到外太空，啊哈！」螳螂某天鼓起勇氣，走到正在吃便當的上官前。

「那個……吃完便當再說吧？」上官咬著免洗筷，聳聳肩。

「不行啦，我怕老大等一下被我出其不意的鬼影螳螂手給勾到肚子，把便當全都吐了出來。到時候地板還不是我擦？不要逃避了，老大，快站起來。」螳螂活動筋骨。

坐在水塔上的怪力王，忍不住哈哈大笑了起來。

「呿，說得跟眞的一樣，那也沒辦法了……喏！你死了！」上官突然右手一翻，手中的免洗筷頓時雙雙飛射出去。

「！」螳螂閃掉其中一根霹靂閃電的筷子，左手一勾，食指與中指巧妙地夾住另一根以弧形飛轉的筷子——那根差點就擊中自己的腰椎大穴。

至於螳螂閃掉的那根筷子，則直直擊在牆上，整個破折開來，竹屑飛散。

那筷子沒有直貫入牆，顯見上官也沒有眞正拿出百分之百的飛刀本事。

「喔，還不錯喔。」上官放下便當，反正他也沒了筷子。

「老大，還請不要留力，免得到時候出糗大家都很難看啊！」螳螂笑嘻嘻，隨手擺

開螳螂拳的架式。

氣隨式轉，風生水起。

蹲在角落玩掌上型遊戲機的小跟班阿海，噗嗤一聲笑了出來。

一言不發的賽門貓，在武當高手張熙熙旁，點了根菸。

「有意思。」上官踏前一步，毫無預備招式。

賽門貓手上的菸燒到一半，螳螂也恰恰失去意識。

「真過癮，好久都沒遇到這種死沒人性的架。張熙熙！妳要不要也下來玩玩？我們好像連一場都沒挑過！」上官渾身是汗，臉上的表情倒很快樂。

上官的衣服全都被螳螂的鬼手給扯得稀爛，索性脫掉丟下大樓。

「免了。我不喜歡痛。」張熙熙笑笑婉拒。

為了「不痛」，絕不沾上一些早就知道會讓自己受傷的笨架，是太極高手張熙熙當吸血鬼的處事原則。

但見賽門貓的手指將菸往旁彈落，瀟灑摘下墨鏡，放在身後的靠牆上。

「……」上官看著緩緩踏出腳步的賽門貓。

「老大，如果有機會的話，我可以一不小心就殺死你嗎？要知道，我以前可是在秘警署待過的壞小子，也宰過不少吸血鬼同類。」賽門貓冷冷說道，脫下皮衣外套，擺出截拳道的輕躍姿態。

上官不置可否，只是鼻孔噴氣。

「快快出拳吧，最近的年輕人怎麼老是把屁話掛在嘴巴上？」上官踏步向前。

第147話

日子就這麼一天天過去。

身爲秘警署的眼睛，起先，賽門貓跟螳螂都會不定時跟山羊報告上官出沒的慣性，但兩人也發現到其實這種資料根本不具有任何意義，因爲上官這個人有點悶，所作所爲除了偶爾的獵食外，對人類根本沒有威脅可言。

相反地，只要黑奇幫擁有上官的一天，就穩坐台灣第一吸血鬼幫派的位置，黑奇的勢力日漸根深柢固，幫會之間的衝突就不可能大到動搖人類社會的地步。

難以置信的是，別說是本來就沒什麼特殊打算的螳螂，就連意志堅定的賽門貓，都開始懷疑這份臥底的工作是否還有意義。

某天，上官的「魚窩」。

「啊哈，我開始覺得，日子就這樣過下去好像也挺好的？」螳螂躺在魚缸旁，看著上官養的成吉思汗淡水鯊，在裡頭游來游去。

「……這麼說起來，我們已經不再屬於人類那邊了？事情竟然會演變成這樣子。」

賽門貓嘆氣，看著手上沒抽的菸發愣。

「我倒不這麼覺得。」螳螂坐了起來，盤起腿。

「？」

「我們曾經是人類，現在則是吸血鬼。但你不覺得，我們除了會吃人血、不能見光外，其他……啊哈！根本就跟以前沒什麼兩樣啊，我的腦袋還是老轉著要練螳螂拳，你也還是一樣打不贏我，哪有什麼差別？」螳螂很豁達地說：「就因爲我們曾經當過人，所以就永遠都會是人。這樣的思維，是山羊那些從來沒當過吸血鬼的人所不會知道的！」

「是這樣說的嗎？」賽門貓哼了一聲。

「那我問你，就算這份工作其實沒有意義，你會後悔變成吸血鬼嗎？」螳螂看著魚缸，想著上官所嚮往的，人類與吸血鬼共擁尊嚴、和平共處的「第三個魚缸」。

「那倒還好。」賽門貓瞇著眼睛，捏碎快燒到手指的菸，說：「我本來就是個夜貓子。」

但事情，總要做個了斷……賽門貓心想。

賽門貓從來沒有跟螳螂提過自己爲什麼要從事這份「永遠都不能回頭的臥底」，因爲武痴螳螂根本沒有問過。

曾經當過秘警小隊長，兼任武術教官的賽門貓，看過許多的弟兄在圍捕吸血鬼滋事分子時犧牲性命，更曾親自將遭到T病毒感染的同事的頸子給折斷。他最好的弟兄，也在一場攻堅行動中被吸血鬼殺掉。

冷掉的屍體上，還插著一柄黯淡無光的飛刀。

「……」賽門貓看著魚缸玻璃上倒映的自己。

蒼白，微尖的犬牙，縮小的瞳孔。

自己現在有了「其實當個吸血鬼也不壞」這樣的想法，或許是腦袋裡某種化學成分，也一併受到了病毒的感染，所以產生了思想上的偏化。

如果現在這個樣子，被以前那個發誓要爲死去弟兄報仇的自己給看到，一定會被狠狠痛扁一頓，最後被輕蔑地丟下幾句嘲諷。

人是人，吸血鬼是吸血鬼。無法討厭現在的自己的感覺，竟是如此糟糕。

沒錯。

過去的自己，絕不會認同現在的自己。

倒在自己懷裡的那些弟兄，也不可能理解。

「螳螂，站在我這邊吧。」

「我無所謂。」

「很好。」

收起口袋的時間到了。

□

深夜。

台中都會公園的下坡道，一輛毫無特色的車子裡。

「明天晚上九點，上官會到他的『廢窩』去，只有我跟螳螂會陪著。地址在這裡，環境有什麼特殊要注意的，我都寫在上頭。平面設計圖你們自己去建管會調出來看吧，附近的天台跟街道也要佈置一下預備的槍手。上官這種吸血鬼，不會給我們兩次機會。」賽門貓遞給坐在駕駛座上的山羊一張摺好的紙片。

山羊接過，仔細端詳了好一陣。

賽門貓指著簡易地圖上的一處，說：「如無意外，我跟螳螂會將上官引到這個地方，這裡只有兩個對稱的窗口可以進出，非常適合特種部隊封鎖與圍擊，尤其是獵人團的圍刀陣。」

「很好。你們儘管提早離開避嫌，到時候自然會有專家去處理。如果我們這邊竟然失敗了，你跟螳螂還是可以繼續待在上官身邊，等待下次機會。」山羊看著後照鏡，隨時保持警戒。

「不必，如果我跟螳螂事先沒耗掉上官一些體力，並除掉他最重要的飛刀，我想那些專家的機會不大。上官之所以成爲傳說，不會沒有道理。」賽門貓拉下車窗，就著晚風透氣道：「屆時我會給個信號，我跟螳螂一逃出，你們的火力就立刻進去。」

「……謝謝。」山羊。

「不過，爲什麼最後還是決定除掉上官？」賽門貓隨口問道。

答案他並非眞正關心。他現在最想做的，莫過於別讓過去的自己瞧不起罷了。

「我想了很久，除掉上官後，幫派間或許會亂上一陣，但終究會得到新的平衡。」山羊思忖道：「與其放著一直不肯跟人類政府簽訂藩屬協約的上官主宰黑奇，不如趁著吸血鬼幫會彼此火拚的時候，找出願意藩屬人類的幫會領袖，由秘警幫助他剷除其他勢力，就此建立新的支配關係。」

「隨便。」賽門貓吹著晚風。

「屆時，還希望你跟螳螂可以幫助我們，在新的幫會勢力裡擔任重要角色。」山羊伸出手，拍拍面無表情的賽門貓。

山羊的心中，由衷地感激。

他知道身旁的賽門貓，還是心向秘警的弟兄。

付出到極限，滋味外人不足道的好弟兄。

第148話

每一個總是與危險擦肩而過的人，都不會只有一處棲身之所。

「火鍋窩」、「趴趴熊窩」、「星海窩」、「巧克力窩」、「魚窩」、「廢窩」等，都是上官隨機遊蕩的住處。平常大家沒事時碰不到一塊，但想找上官，除了用手機連絡外，在這幾個地方兜個一圈總會有收穫。

上官的最後一個窩「廢窩」，是所有窩裡最適合習武的地方，位於一棟曾經遭大火摧殘，後因保險賠償問題造成產權糾紛，最後無限期閒置的廢棄大樓。

廢窩，根本就是一整層佔地約一百二十坪的空地，在大火前是出版集團的辦公室，現在只剩下滿地熱融變形的玻璃結晶，黑色碎石子，以及水泥剝落、露出鋼筋的幾支大樑柱，空氣中隱隱還聞得到焦臭的氣味。

結在兩支大柱子間的簡陋吊床，可說是廢窩裡唯一像樣的擺設。

平常上官都是一個人來這裡，進行獨屬自己的武學特訓。少會有其他的夥伴來看上官，畢竟在精練武藝時的老大，比起平常更加沉默寡言。

但今晚，螳螂與賽門貓跟著上官，理由再正常不過。

賽門貓伸展筋骨，將皮外套摔在一旁。

「老大，不介意一打二吧？」賽門貓摸摸鼻子。

「我們可是特別演練過了。」螳螂跟著笑嘻嘻踏步向前，氣勢速漲。

兩個臥底一左一右，夾住了上官的去勢。

「呿，又在打什麼無聊的壞主意？」上官感到好笑，也將外套與上衣脫掉，重重丟在地上。

如果一開始就知道這是場會將衣服撕扯到爛的架，還不用最簡單的赤裸互毆，就太浪費好好一件名牌衣服了。

「用上了只許勝不許敗的二打一，請老大這次，務必拿出全部的實力。」螳螂笑笑，全身充滿一觸即發的氣勁。

他知道，與上官的這一場架，是他跟老大最後的男子漢交談了。

「老話一句，打架可不是在算算術。」上官淡淡說道，兩隻手還插在褲袋裡。

「說得好。」賽門貓揚臂衝出，一拳破風。

三個吸血鬼快速絕倫的身影交疊在一起，每個人都是以快打快的速度好手，拳腳碰撞，一下子就是令人難受的連聲爆響。

螳螂看似主力猛攻，賽門貓看似隨意出拳擾亂上官的節奏，但兩人實則各自作戰，並沒有刻意相互合作。如此「乾淨」的默契，反而讓上官處於極難防禦的立場。

螳螂使的螳螂拳並不單單一套，舉凡七星螳螂，梅花螳螂，摔手螳螂，六合螳螂，太極螳螂，光板螳螂等拳術，全都讓螳螂給揉合到看不出形跡理絡。

但與其說是「道」的揉合，不如說是飛快的拳腳一閃而過。

粘。黏。貼。靠。

刁。進。崩。打。

勾。摟。採。掛。

十二種螳螂拳中的基本動作在「速度」的催使下，一一化爲無招，有若鬼影。

「喔？這陣子竟然又更快了？」上官嘖嘖稱奇，一不留神竟讓螳螂的掛手給翻了個觔斗，險些被賽門貓的刺拳卯中。

「……」

上官的拳術不及螳螂，但瞬間出拳的速度卻是倍勝。睜大眼睛，逮著螳螂一驟即逝的縫隙猛攻，一拳一掌，狠狠咽住螳螂的攻勢，頓挫不已。

「唔！」螳螂悶哼一聲。

螳螂的肌肉收縮自如，卻無法化解上官簡單俐落的拳勁，上官一個直刺拳命中螳螂的肩膀，螳螂的肩膀肌肉立刻燒灼起來。

但上官封鎖螳螂的代價，就是硬捱賽門貓寸勁十足的鐵拳。

截拳道源於實戰性極強的詠春拳，在創始者李小龍「自由創發」的意念下，截拳道快速蓄力、復又瞬間迸發的秒殺特質，讓每一次的攻擊都沒有先機可循，拳的速想速念，拉近了賽門貓與上官實際上的速度落差。

對賽門貓來說，所謂的拳，就是肌肉在完全放鬆與急速繃緊間，那最大曲幅產生的「最簡單的暴力」。而腳步踏地的怪異節奏，則是錯亂對手判斷出拳時機的迷霧。

擊出！被反擊！

擊出！被反擊！

再擊出！再擊出！

「老大，別那麼怕痛啊！」賽門貓吐出一顆斷牙，全身散發冷冽的鬥氣。截拳道講究精神上不可退讓的「勢」，相當符合賽門貓內悶的囂張個性，只進不退，俐落的一拳一拳，與螳螂合力將上官逼到柱角。

「好傢伙。」上官靠著柱子，打得更是興發。

一沉氣，上官的身影如箭穿出。

唰，螳螂的下顎遭到上官的掌緣閃電切過，失去十分之一秒的意識，膝一彎垂，身子一矮，上官右腳飛快踏上螳螂的肩膀，往左一躍。上官擎臂高舉，打算從高處朝賽門貓的頭頂來上一個大落拳。

「呼。」賽門貓雙手架在頭頂上，想硬捱上官這一拳。

不料上官的身影，驟然出現在賽門貓的背後。

「看哪？」

「！」

賽門貓重重撞上大柱子，震得石屑紛飛。

上官蹲在地上喘氣，臉上卻洋溢著喜不自勝的笑容。

「再來過！」螳螂雙掌用力拍拍臉頰，鼻血呼啦啦噴出。

「沒錯。」賽門貓撐起痛翻天的身體，一手還扶著柱子。

「那有什麼問題？」上官哈哈一笑。

三人再度交鋒。

第149話

「山羊，之後賽門貓跟螳螂怎麼個處理法？」手機。

獵人馬龍坐在「廢窩」對面的金融大廈頂樓，等著指揮多達三十人的獵人團。

在台灣，從未見過如此三十個獵人聚集在一起的規模，那種陣仗等同一個高度戰鬥化的軍事力，也只有台灣區吸血鬼獵人協會會長馬龍，才能調度得起這些平常各行其事的狠角色。

「當然是掩護他們離開現場，不容有失。」山羊在秘警署的聲音。

「收到。」馬龍切掉通訊，立刻撥出另一通。

終端是馬龍與山羊共同的好友，中部排名第一的頂級獵人，世一。

「山羊的意思是？」世一的聲音像蚊子。

「山羊糊塗了。總之那兩個臥底我會帶隊處理，在安排的路線裡一併解決。這是千載難逢的機會，你跟你的弟兄專心幹掉上官就是了。明白嗎？」馬龍手裡拿著軍事望遠鏡，看著人影疾晃的廢窩。

「收到。必要時我會把整層樓都炸掉。」世一掛上電話。

吸血鬼終究不可信賴。馬龍也掛上電話。

□

螳螂單手抓著天花板，雙腳倒勾在樑，披頭散髮，氣息卻不見絲毫急促。

鮮血從螳螂的額上，沿著亂髮輕輕滴落。

啪答，啪答。

賽門貓則躺在上官丟在地上的外套旁，氣喘吁吁看著天花板，嘴角掛著鮮血，一句話都說不出口……根本就完全脫力了。

這場架竟不知不覺打了半個小時，打到賽門貓的痛覺都快痲痺了。

「還想來嗎？當作運動是很好，要想打敗我就再說。」上官笑嘻嘻的，滿身狼狽。

傳說如上官，左邊一根肋骨甚至讓賽門貓的踢腿給掃斷，左肩還冒著被螳螂鐮手給削過的血煙，痛得讓上官的呼吸都變輕了。

賽門貓忽地坐了起來，搖搖頭。

「不打了？」上官微感失望。

只見螳螂突然從天花板上衝落，一個迴身螳螂臂掠出，遮住上官的視線。

「？」上官揮拳一擋，將螳螂震了回去。

卻見螳螂毫不戀棧，藉力往後飛躍，轉眼間與賽門貓都來到了大廈邊緣，對稱的兩個窗口。而賽門貓的手裡，正拎著上官暗中掛滿飛刀的外套。

「沒有了飛刀，你不過是一個很強的吸血鬼。」賽門貓將外套丟出窗外。

信號。

上官愣了一下，登時明白了一切。

此時已不需將注意力全神貫注在眼前戰鬥的上官，立刻發覺自己的四面八方，已經棲伏著許多刻意壓抑的微弱氣息，和逐漸加溫的殺意。

慢慢踏進陷阱的死亡泥沼，自己一點感覺也沒有。

上官不知道該說什麼，有個什麼東西塞在自己的言語之前。

「老大，不好意思，大家各有立場。」螳螂嘆氣。

「保重。」賽門貓咬牙。

兩人同時往窗下一躍。

殺戮的夜開始。

早已沿繩躲在廢窩大廈外壁的獵人們破窗竄出，相互掩護滾散開來。

一陣刀光槍影。

頃刻間，筋疲力竭的上官已經被二十個全副武裝的獵人給團團包圍。

而大廈外六座高樓天台上，埋伏著十二名由秘警署調來的狙擊手，如果上官像無頭蒼蠅破牆逃出，居高而下的狙擊手當然就子彈招呼，格殺毋論。

殺氣並無一絲一毫的張狂撩亂，取而代之的，是訓練有素的平穩呼吸。

沒有更凶險的局勢了。

廢窩內，上官深呼吸，一隻手插進牛仔褲口袋，一隻手撥開自己凌亂的劉海。

「眞想不到。」上官苦笑，身上蒸著白白熱氣。

爲首的獵人隊長世一，沉穩地從肩胛拔出由J老頭打造的銀光獵刀。銀刀遙指滿身傷痕的上官，刀尖隱震著嗚嗚嗚響。

唰唰唰唰唰……二十個獵人同時抽刀架舉，無數寒芒映在上官的臉上，森然刀氣凜冽，冰凍了空氣。

「上官無筵，幸會。」世一肅敬，雙手高高舉起寬大的銀刀。

「才這點人？不後悔的話就開始吧。」上官瞇起眼睛。

上官將長髮束住，進入完全不同的狀態。

第150話

黑夜，捨棄了什麼的黑夜。

螳螂與賽門貓依照約定的路線脫逃，在窄巷小街中快步穿梭。

賽門貓感覺到身心疲憊，連一向氣力深長的螳螂都顯得腳步乏力。

兩人一路無語。

他們知道，是心中的困頓拖垮了身體，讓他們肌肉的悲鳴放大了好幾倍。

背叛別人的滋味如此難受，遭到背叛的上官老大只有更加難捱的份吧。力氣放盡的老大，不知道已經被獵人團狙殺了沒。

賽門貓見識過前輩獵人世一的刀法，世一在獵人排行榜裡高居亞洲第十，世界第十六。世一刀法不以快見長，卻有一股絕對壓制的可怕力量，加上有J老頭兵器的保證，即使是最精純的鐵布衫功夫也會被撕裂。

但獨獨一個世一，絕非上官的對手。

所以更可怕的是，由會長馬龍精心改良的圍刀陣。

自古以來所謂的陣法，說穿了不過是以多勝寡的計算，而陣法的優劣就在於效率：一，能夠用越少等級低的下駟，困殺住較多個難纏的上駟。二，如果陣法再多添幾人，是否真的放大陣法的威力。三，陣法成功後，成員犧牲的比率能否降到最低。

「圍刀陣」是亞洲獵人團相互合作的例常陣法，只要有三人以上就能成立。因爲彼此都會學習此陣，故不同掛、相互不識的獵人們一旦意外湊在一塊作戰，還是能在最短時間內發揮最基礎的默契，將敵人殺敗。

但對於經驗老道的吸血鬼也是一樣，圍刀陣這種每個獵人都熟習的陣法，許多老吸血鬼都領會了自己的逃脫之道，日積月累之後圍刀陣便不能得售。所以會長馬龍精心改良了舊圍刀陣，將之命名爲「囚虎」；「囚虎」至少需要十個以上、具有五年以上經驗的獵人所組成，發動條件如此嚴苛，陣法威力自然極大。

馬龍與世一對此陣法皆相當重視，雖然演練過上百次，但在這之前從未正式發動過實戰，以保存此陣法的絕對機密。幾乎就是爲了這一天晚上而存在。

可以確定，如果死神上官沒有了飛刀，不管是多麼「快」的肉身，都無法衝破二十名獵人團嚴密互補、層層交疊的「囚虎」刀勢。

只希望，老大能死得有尊嚴一些。

賽門貓這麼個胡思亂想分神時，只見一旁的螳螂突然警覺地高高躍起。

「？」賽門貓不解。

火光，煙硝。

剎那間賽門貓整個人被一股巨力貫穿，雙腳不由自主離地，重重撞翻窄巷邊角的餿水桶，身體一下子被鑽進可怖的尖銳刺痛。

喀喀喀喀喀喀喀……

無數發燙的銀色鋼珠，在倒下的賽門貓旁邊滾散開來。

高高拔起身子的螳螂，卻也沒能躲過意外的伏擊。

四顆大鐵珠從天而降，接近螳螂時突然一齊爆開，吐出四張鈦銀合金網。

「嘖嘖。」螳螂身影如電，竟讓他閃過其中三張合金網，但第四道合金網終究還是罩住螳螂。合金網急速收縮，猶如一個致命包覆的利繭。

「是誰！」螳螂喝道，雙手聚氣一迸，指力飛扯，竟將合金絲網血淋淋撕開。

只見巷尾數道銀光疾衝而出，來勢凶狠，似是箭弩之類。

螳螂一凜，如果只顧自個兒閃開的話，倒在地上的賽門貓就會被釘成碎片。

「快爬起來！」

螳螂大叫，卻只好擋在賽門貓前，硬是用螳螂勾手飛快擊開襲至眼前的銀箭。

吸血鬼驚人的動態視覺，加上螳螂優異的反射神經，將六支銀箭全都奮力卸開，毫無遺漏。但一滴冷汗從螳螂的太陽穴滲出。

一枚閃光彈在眼前爆開，螳螂下意識閉上眼睛，全身毛孔緊縮。

戳。

螳螂眼睛瞪大。

趁著他視覺被奪取的瞬間，一支鐵槍竟硬生生從身後的牆破出，要命地貫入螳螂的右胸膛。鐵槍末端有陰險的倒勾，一迴力，螳螂便抓著槍頭，吃痛撞上了背牆，動彈不得。

埋伏已久的獵人終於現身。

兩個獵人手持卡賓槍封住巷子兩端，其餘的獵人都蹲踞在巷子兩旁的高處，各擁稱手的兵器，遙遙警戒。

「不好意思，上頭的命令。」

馬龍蹲在巷子上的民居陽台，肩上扛著一挺小型弩砲，冷冷地看著耗盡體力與警覺心的黑暗臥底。弩砲上的紅外線瞄準器，正盯著螳螂的心口。

沒話說的，最後絕路。

「喂，兄弟，不用爬起來了。」螳螂笑了出來，看著努力要撐起身體的賽門貓……他身上銀熱霰彈的傷，可不下於自己胸口這一記啊。

「……」賽門貓用手肘架著身體，卻還是無力站起，頭頂壓著溼冷的地面。

「啊哈，我還以為，總有一天我會看見琢磨了一千年後的螳螂拳，將變成什麼可怕的模樣啊。」螳螂哎哎苦笑，看著身上紅外線的箭弩準心。

胸口汩汩冒出的鮮血，都起了綿密的碎泡。

「……」賽門貓咳出一大口血，眼淚首次濺落在地上的血水中。

他可以死。

毫無悔恨。

隨時都做好了準備。

但他無法接受失去人類之身的自己，竟會遭到老長官山羊如此對待。

賽門貓想握拳，卻沒有一絲氣力。

「臥底的任務正式結束，謝謝你們。」馬龍扣下手中的弩砲，六支銀箭射出。

夜的空氣，寂寞的聲音。

螳螂的瞳孔，倒映著六點寒星……銀點越來越大。

不好意思啊，小徒弟，師父果然走火入魔了。

……代價是死，所以就別再責怪師父了吧。

握拳，螳螂用力一笑。

「！」螳螂的瞳孔倒映上，多出一道迴旋疾飛的光。

六柄銀箭瞬間斷折，破散在半空中。

一把黯淡的飛刀無聲無息釘在電線桿，「神愛世人」的貼條上。

「只有人類才想得出來這種道謝的方式。」

馬龍心驚，負責暗巷伏擊的十名獵人全都倒抽了一口涼氣。

螳螂呆呆看著遠方，賽門貓的拳重新握緊。

一個赤裸血人，站在飽滿的圓形月亮下，將月的光暈開，染紅。

夜風拂過，妖異的月光震動。

「做兄弟的，我們的架還沒完呢。」

參見，上官無筵。

第151話

地底，秘警署指揮部。

山羊的主管辦公室，桌上堆滿了黑白照片。

每一張照片裡，都躺滿了山羊多年的朋友、昔日的下屬。

血肉狼藉，怵目驚心。

陳木生呆呆地，一張一張翻著。那雙不畏火焰的鐵手，此刻卻無助地發抖。

一根憤怒的菸，乾躺在桌上菸灰缸裡燒著。

「唯一奮力逃走的獵人馬龍說，賽門貓與你的師父聯手設下了陷阱，誘使多達三十人的獵人團兵分為二，再逐一伏擊殲滅……就連埋伏在天台的秘警狙擊手都沒有逃過一劫。」山羊冷漠地躺在辦公室的躺椅上。

山羊的眼睛已注視天花板上壞掉的、忽明忽滅的日光燈已久。

原來，自己深深信賴的兩名臥底，竟與上官共設圈套，狠狠將了自己一軍。

此生摯友，在赤爪幫底下奮力救過自己一命的獵人世一，雙手斷折，全身躺在黑色地上抽搐的畫面，只要山羊一閉上眼睛就會反覆播放。

沒有暫停，更沒有停止鍵。

□

夜將盡，嗚咽的風在空洞的大廈裡迴繞著。

J老頭的寬柄銀刀插在柱子裸露的鋼筋裡，風一吹，便發出咿咿啞啞的聲響。

世一的頸子上，有一道張狂的撕裂傷口，全身百分之八十的血液都已流失。

但世一還未闔上眼睛，發著高燒，嘴裡重複喃喃一句含糊不清的話。

T病毒已經從世一頸子上的傷口滲透進存量稀薄的血液裡。依照感染的速度，再過三個小時，世一就會成為一具沒有思想的活屍。

「殺……了……殺了……殺……了……我……殺……」

世一眼神空洞，像一台壞掉的錄音機。

廢窩四周零零散散都是圍刀陣的獵人弟兄，有的肚子插掛在突起的天花板鋼筋上，有的半個人黏在柱子壁上，有的四肢缺其二，有的身體某部分不自然地垂晃著，最多的是頸子遭到高速切傷，瞬間大量失血死去。

屠戮的現場，用「血廈」兩字形容，恐怖得再貼切不過。

負責拍照記錄的秘警，竟抵受不住空氣裡新鮮生黃的腥味，在角落裡吐了起來。

前所未有的大慘敗。

「老友，讓山羊我送你一程吧。」山羊往旁伸手。

山羊面無表情，蹲在臉色慘白的世一身旁。

一個秘警從懷裡掏出手槍，嘆口氣，遞給他的長官。

山羊站起，上膛，對準世一空洞的兩眼之間。

碰！

□

日光燈依舊忽明忽滅。

五十元，是將日光燈管重新換過的便宜代價。

但許多重要的東西，修，是怎麼也修不好的。

山羊看著手裡的槍，沉甸甸，骨子裡卻無比失落。

「你的師父，終究還是背叛了人類。」山羊淡淡地說。

陳木生剛毅的臉上，早已爬滿最憤怒最羞恥的淚水。

第一個師父被吸血鬼所殺。

第二個師父卻成了吸血鬼。

你的選擇？山羊並沒有問。

因爲他清楚知道這個小夥子，是他所見過最熱血、最直腸子的硬漢。

「等到你成爲最出色的獵人，才能跟你的師父一決雌雄。」山羊閉上眼睛。

「……我該怎麼做？」陳木生沉痛地問。

「去日本吧，去挑戰那個……號稱沒有獵人的邪惡國度。你若能活著回來，就是你們師徒對決的殺戮時刻。」三天未眠，山羊疲倦不已，在躺椅上漸漸睡著。

陳木生放下照片，看著自己粗糙的雙手。

□

一年後，陳木生的上衣口袋裡，放著兩個小時前才取得的獵人證件。

帶著剛硬勝鐵的一雙火掌，昔日的頑固男孩踏上了往東瀛魔都的旅程。

男孩的眼裡，黑白分明的二元世界，人類與吸血鬼永遠無法妥協的正邪對立。

「成功的捷徑，莫過於毫不猶豫踏上最艱難的路。」

陳木生坐在乘風破浪的船頭。

背對他的，是充滿痛苦回憶的海島。

迎接他的，是張牙舞爪的邪惡東京。

以及，那一條永遠也跨越不了的，巨大裂縫……

萬念俱灰

命格：集體格

存活：三百年

徵兆：城市出現集體自殺、酗酒、了無生趣的結構性現象。

特質：此命格由幾種負面能量的情緒格演化生成，吃食人類的灰色濁念維生。範圍以一個城市為規模，讓濁念在憂心喪志的人心間彼此傳染擴大，若感染此不良情緒的人越多，此命格累積的效應就會越滾越大。

進化：千年淚

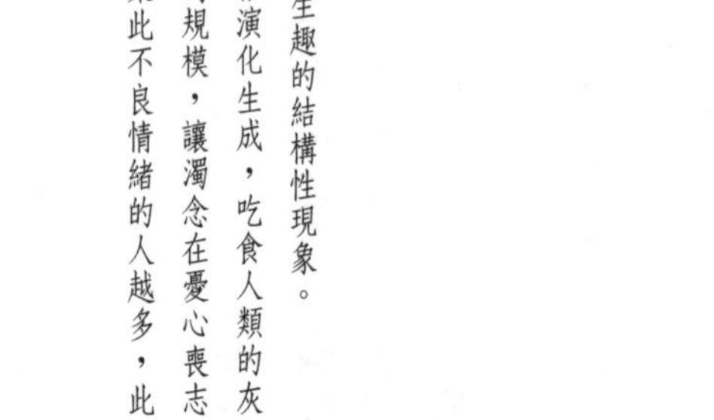

〈續，人生就是不停的戰鬥〉之章

第152話

「開槍！自由射擊！」

「保持火力！保持火力！」

綿密的槍火倉皇朝天擊發，V組特種部隊每張臉孔卻充滿了驚駭的神色。

一隻比史前猛瑪巨象還要壯碩的超大型蜘蛛，從數十公尺的天空墜落，尾部還噴甩著腥味十足的灰銀色蛛絲，如飛箭射落。

「天啊！」

「快躲開！」

「別慌！繼續開槍！啊！」

蛛絲咻咻劃空而落，將底下的特種部隊黏了個措手不及，那些子彈的倉皇火力釘在蜘蛛身上就像隔靴搔癢，只是更惱了蜘蛛。

廟歲輕輕踩在蜘蛛巨大的背脊上，隨著怪獸蜘蛛落下。怪獸蜘蛛毛茸茸的八隻腳瞬間將警車踏成廢鐵，翹起尾部，爆開四散的蛛絲，快速將殘餘的特種部隊包覆在臭氣沖天的蛋白質繭裡，連車門也被纏覆住。

那蜘蛛大到連在遠處觀看的好奇人群都發出歇斯底里的大叫，許多人還拿出照相手機將這一幕拍下，幾台車追撞在一塊。

毫無疑問，隔天所有報紙的頭條就是這一幕了。

「乖乖不得了。」宮澤透過即時回傳的攝影機，回想那夜看到的蜘蛛攻擊。而這頭恐龍般的巨大蜘蛛，顯然是出自更高強的施術者。

大水兀自從天而落，數百隻水族死屍如雨摔下，幾頭巨大的河龜砸在地上，甲殼轟然脆裂、一命嗚呼，幾條曾被烏拉拉暫寄的爛命欣然破竅而出，尋找自己的新天地去。

整條街，溼淋淋得亂不像樣。

廟歲自上而下，瞪著甫落地的烏拉拉，甩著被折斷的右手腕，疼得厲害。

但烏拉拉沒有趁著剛剛的慌亂逃走，反而笑嘻嘻地看著廟歲。適才烏拉拉一個大翻筋斗後的「卸力」，將腳底下的一輛裝甲車頂撞得塌陷破裂。

被黃色塑膠條與路障封鎖的街道，在十幾秒內全被巨大蜘蛛的絲線纏得亂七八糟。詭異的氣味，蒼茫的月光。

戰鬥間，一點都不讓人愉快的縫隙。

廟歲吹起口哨，那是一種由奇異的、不對稱的音階所組成的哨響，調子起落得很不自然，卻有股難以形容的魅力。

一隻紫色的怪貓憑空出現在半空中，輕悄悄落下。

紫貓飛快踩踏著路燈，跳到廟歲的右肩上。

幻貓咒。

由大長老親自研究、推敲出來的一種音咒，可以讓獵命師在作戰的時候絕對保護所屬靈貓的咒法。此咒一經施展，靈貓將被隱藏在異度空間，最多可以持續一個時辰，時間一到沒有再用幻貓咒將靈貓召出，靈貓將永遠被吞噬在異度空間。

「是傳說中，僅僅屬於獵命師護法團的祕咒吧？」烏拉拉嘖嘖。

「爲什麼不逃？」廟歲瞪著烏拉拉，眉頭上的水珠滴落。

「待在你身邊好像比較安全。」烏拉拉笑笑，親吻全身溼答答、顫抖哆嗦的紳士。

兩個獵命師不知何時，已被濃烈的殺意包圍。

進入新十一豺決賽的老侏儒與生化改造人，一後一前，散發出的氣勢毫不矯飾地將街道兩端封鎖起來。

老侏儒一言不發，站在廟歲身後街末，思索該怎麼對付這頭蜘蛛巨怪。身上的氣聚斂而堅，流露出一股不可輕侮的深沉。

而高大的生化改造人獰笑，脫下衣服。

「請多多指教，獵命師。」生化改造人的肉體，竟是閃閃發光的生物鱗甲。

第153話

十一樓，幾分鐘前還是一個叫國際水族館的地方。

將大鋼杖扛在肩上的北國巨漢，毫不鬆懈地半伏著身凝視聶老。

五個進入十一豺選拔賽的吸血鬼戰士，以倒雁形將聶老半包圍住。

滾滾池水迅速消褪，但眾戰士的腳踝仍泡在渾濁的水裡，幾條河魚呆呆地漂躺。

「大概有十五年了吧。」聶老看著牆上破洞外，灰灰濁濁的月光。

「？」鋼杖巨漢不解，屏住氣息。

五個吸血鬼戰士本能地不敢前進半寸。他們的背脊竟不由自主泛起疙瘩。那是田鼠看見蟒蛇吐信、小海豹撞見北極熊的恐懼感。

每個爲了得到「任意獵殺」榮銜的吸血鬼戰士，突然都有種不知所爲何來的悔意。

聶老緩緩蹲下。

「有十五年，都沒看見吸血鬼變成電燈泡的樣子。」聶老將手插進池水裡。

鋼杖巨漢登時警覺，不顧一切往後高高躍起，從甫擊穿的大洞逃出大廈，一翻身，鋼杖重重擊在大廈牆上，藉巨大的反作用力讓自己橫地逃得更遠。

「跳舞吧。」

雷神咒發動，聶老白色的鬍鬚、眉毛全都閃閃發亮。

強大無比的雷電飛快在淺水中獸行，快速竄進來不及逃走的四名吸血鬼戰士體內，膨脹全身每一寸神經束。

「嘔……」倒楣的四人瞬間僵直身體，肌肉緊繃抖顫，五官扭曲歪斜。接著皮膚開始焦裂冒煙，皮下金光拚命鑽動，彷彿要掙破單薄的皮膚似的。

但聶老並沒有放手。他只是若有所思地看著四枚閃閃發亮的血族燈泡，然後變成燦爛奪目的霓虹燈。

轉啊轉的，轉啊轉的。

然後眼睛、嘴裡吐出了火，頭頂開了竅，幾個煙火般的沖天爆炸衝出。

依舊是轉啊轉的，轉啊轉的。

「竟為了這種敵人……」聶老深深一吸氣，雷神咒的能量催化到第三層境界。

四個七彩霓虹燈陡然內縮，瞬間擠壓成一堆焦黑色的物質，過程中發出無情的嗶剝啪響，十分怕人。

裂洞口外，一陣夜風吹過，焦黑色的物質鬆散崩潰，化作無數帶著星火的灰燼呼呼散去，留下一股中人欲嘔的氣味。

聶老低頭，看著水中自己的倒影。

他從來不覺得自己老。

但此刻的他，竟看見一個老態龍鍾的臭皮囊，茫然地看著自己。

第154話

大街上。

這名膽敢擋在巨大蜘蛛前的生化改造人，是吸血鬼生物科技的結晶之一，論起型號還在東京十一豺裡TS-1409-beta之後。

同樣地，他也沒有眞正的名字，只有一組條碼般的序號。

TK-2000。一個仗恃著吸血鬼的特異體質，將皮膚角質細胞嵌入穿山甲與刺蝟基因的生化怪物。一個科技暴力下的軍事品。

烏拉拉看著TK-2000，眼角卻不住往兩旁飄移。

他感覺到附近還有兩股刻意隱藏的「氣」。

「據說你們可以將『運氣』或『命力』轉化成生命形態當作武器，嘿嘿，挺新鮮的，難怪夠膽在東京裡橫行霸道。」TK-2000看著廟歲腳底下的恐龍蜘蛛，繼續說道：「看來，你就是廢掉阿古拉的那個獵命師吧？有一套。」

TK-2000說著說著，在呼吸間，皮膚的角質化突起越來越拔出，像是有自主意識。

廟歲只是冷冷地看著TK-2000，並不答話。

對他來說，眼前這個鱗甲上擁有無數堅硬突起的怪物，不過是一道難吃的菜。

「怎麼辦？表面上兩個，暗地裡還藏著兩個，現在如果不快點解決的話，等一下還會有更多更厲害的鬼。」烏拉拉笑笑，說：「有什麼想法？你打這個硬甲怪物跟侏儒老人，我打躲在陰影裡的兩個鬼？」

廟歲哼哼，右手腕斷骨的疼痛感讓他備感羞辱。迅速塗寫在右手腕上的「續骨咒」還在作用，發出炙熱的燒灼感。

「幾個都不重要，一起殺死就是了。教你們看看什麼是站在頂峰之上的獵命師，戰鬥的恐怖手段。」廟歲瞇起眼，掌上的紫貓低吟。

一股強大的「命」爬梭進廟歲體內，一咬指，血咒狂鎖。

烏拉拉還沒來得及算，就下意識地打了個冷顫。

逃吧。烏拉拉逃的念頭一興起，恐龍蜘蛛的身子突然一陣快速絕倫地跳躍，在街道兩旁的建築物間噴吐出一道又一道的絲網，封鎖住烏拉拉的逃脫路線。

「不妙，眞的是那個命格！」烏拉拉擎臂一伸，火炎咒衝開封在眼前的蛛網。

廟歲卻沒有緊緊咬住烏拉拉狂追，因爲他「聽到」了隱藏在暗處裡的兩個吸血鬼高手……多半是忍者之類的角色，已經「代替」他追了上去。這樣也好，反正那小子可以與自己戰到這種地步，自不可能被那兩個忍者給解決，獵命師的尊嚴倒底還是掛得住。

驕傲如廟歲，心中抱存的還是「獵命師只能被獵命師殺死」的想法。等一下再慢慢解決那個棘手的小子吧，廟歲心想。

眼前，可還有兩個怪模怪樣的敵人可以耍玩。

咦？剛剛還站在街末的侏儒老人，不知何時已經消失。無聲無息。

老人遁逸，卻見TK-2000鼓起全身硬刺，狂野地飛奔向前，刮起一陣銳利的勁風。

「這種蜘蛛再大也不是我的對手！我的硬刺鐵甲可是絕對防禦！現在就讓你看看絕對防禦下的絕對攻擊！」TK-2000哈哈大笑，整個人突然縮成一顆疾滾的刺球。

彈出！

大笑間，刺球在街道間飛快彈滾，行徑路線快得讓人眼花撩亂，每撞上建築物一角，建築物就給撞出一個亂七八糟的大洞，就連佈在街道四周的大蜘蛛網都給衝破，毫無阻擋之效。

人一旦被沾上，就會被刺成痛到翻天覆地的血窟窿。

「是嗎？像你這麼蠢的傢伙，當然不知道這種黏呼呼的東西正是你的剋星。」廟歲哼哼，意志一凝，刺球的攻擊路線頓時了然於心。

吹著神祕的口哨，廟歲腳底下的巨大蜘蛛赫然噴吐出一團蛛絲，飛彈般封鎖住TK-2000的疾滾路線。

閃避不及，一道蛛絲液彈硬是擊中飛滾中的刺球，TK-2000瞬間陷在黏性十足的蛛絲液中，速度銳減，然後終於停了下來。

緊接著，TK-2000又直接被一道蛛絲液彈給紮紮實實命中，更加動彈不得。

「混蛋！怎麼可能知道我的攻擊路線！」TK-2000大駭掙扎，解開刺球狀態想逃，四肢卻還是被奇黏奇臭的蛋白質液給糾纏住，用蠻力硬是扯將不開。

只見廟歲並沒有理會在腥臭蛋白液裡掙扎的TK-2000，因爲巨大蜘蛛已經移動腳步，將牠的尾部對準TK-2000的頭頂，一股腦噴出牠的濃稠絲液。

醍醐灌頂，TK-2000輕輕鬆鬆被包在密不透氣的絲繭裡。時間一久，即使沒有窒息而死，也會被絲液上的生物毒性給溶解。TK-2000惶急地在越來越厚的繭裡奮力拳打腳踢，但所有的力道全都被消解吸收，動作越來越困頓。

豎耳傾聽了一陣，廟歲輕輕鬆鬆看著天空。

半空中某處，一個自以爲是的偷偷竊笑。

「光論跳躍力，我可是有自信不輸給任何一個人。」廟歲腳底聚氣，一縱躍上。

這一跳，足足有十幾秒才落了下來。

碰。

廟歲蹲在地上，手裡拎著個乾癟的小小腦袋。

搖晃在廟歲手上，侏儒老人的表情十分呆滯錯愕，他死前都還不知道自己的「空擊拳」在使出之前，怎麼可能會被發現……

「在我的『惡魔之耳』作用範圍裡，沒有任何具有意義的突襲。」廟歲冷冷地將侏儒老人的腦袋喀喀踏碎。

走到巨大蜘蛛身旁，廟歲伸手一抓，只見巨大蜘蛛奇異地縮小，最後變成一隻普通大小的蜘蛛，被廟歲「捏進」自己的胸膛裡，再度化爲可怖的刺青圖騰。

TK-2000兀自在蛋白質絲繭裡瘋狂掙扎，氣息用不盡似的。

「……」廟歲皺眉。眞是容易對付，卻眞的很難殺死的壞東西啊。

「看夠了吧，我可不打算等到這傢伙悶死了才走。咱們還有正經事得做。」廟歲抬起頭，看著高高站在水族館十一樓處破口的聶老。

廟歲閉上眼睛。

強烈的白光。

一道閃雷直落，將蛋白質絲繭輕鬆劈開，臭氣沖天的黏塊四處飛濺，地上崩出裂縫，縫裡直冒出濃濃的焦煙。

連帶裹在裡頭的、自稱絕對防禦的TK-2000也成了焦黑的炭球。

「會咬人的狗不會叫。」廟歲睜開眼睛，點了根菸。

刑凶災星

命格：集體格

存活：三百五十年

徵兆：宿主周遭經常發生重大犯罪刑案，例如親戚在飯局遭到稀有毒藥的毒殺，不意參加一場充滿連環殺人毒計的派對，同學會老是有人被老朋友宰掉，在旅行中搭上集體合謀殺人的東方列車。宿主如果沒有被殺，就會無可奈何培養出精密的偵探能力。

特質：表面上宿主過得很睿智，但通常到了六十歲，身邊的朋友都已死盡大半。歷史上許多知名的偵探不分老幼都曾被寄宿，例如工藤新一，金田一耕助，夏洛克·福爾摩斯，馬修·史卡德，白羅，古佃任三郎，毛利小五郎，艾勒里·昆恩，御手洗潔。

進化：召喚海嘯的男人，吸引隕石的女人（別跟這種人當朋友！）

（曾晨煋，男，台北淡水，殺人沒辦法進少年法庭的十八歲）

第155話

烏拉拉沒命似地奔逃。

剛剛的命格是「惡魔之耳」吧？太恐怖了，果然不是惹得起的超戰鬥型命格！

烏拉拉頭皮發麻，用上所有的腳力飛簷走壁，就只有一個念頭：「無論如何都要逃出惡魔之耳的內心話監聽範圍！」

「惡魔之耳」的監聽範圍，當然跟宿主獵命師的訓練有關，但能夠駕馭「惡魔之耳」這樣的命格，多半也有個一、兩百公尺內精準獵音的控程。而長老護法團……哎哎，實在是不敢多想。

溼答答的紳士在烏拉拉的懷中喵了聲，提醒烏拉拉注意隱形蜘蛛網的存在。

「……」烏拉拉皺眉，一提氣，翻牆，又鑽進下一道暗巷。

但是在這個城市裡，哪裡還有廟歲設下的蛛網陷阱？在現在的狀態下，烏拉拉根本沒有心思顧及，只能緊握掌心，祈求甫獵到的「吉星」能夠幫助自己趨吉避凶。

「喵。」紳士東張西望。

「你說得沒錯。」烏拉拉點點頭，語氣卻很無奈。實在應該逃到人聲鼎沸的地區吧！那裡人多口雜，廟歲那死光頭至少得花更大的精神找出自己的「內心話」，但……爲什麼我的腳步還是逕往人煙稀少的陋巷鑽呢？

烏拉拉終於停下腳步，因爲他已經走進一個施工中的空地。

空地附近都是臨時搭建的工寮，距離一般住家有段距離，現場都是石材與成堆的混凝土袋；還在工程初期，看不出到底是要進行什麼樣的工事。

這裡，就是烏拉拉潛意識裡想要作戰的最佳場所。

「終於，還是被發現了嗎？嘻嘻。」

黑暗中，不知從哪個方向傳來的聲音。是伊賀忍者的漫音術。

不只一個……兩個。

兩個都是箇中高手。

「得了吧，一開始我就打算帶你們來這裡宰掉了。這裡亂沒人的，你們的慘叫聲比較不會打擾到正在用功的學生。」喘吁吁的烏拉拉乾脆蹲下休息。

剛剛太緊張，使得匆匆逃跑時耗費的精力太多。

「這麼有自信嗎？」

那聲音忽遠忽近，似乎在擾亂烏拉拉對位置的判斷。

但烏拉拉一點也不在意，他只是安安靜靜地休息，一點一滴撿拾力量。

隱藏在黑暗中的聲音忽左忽右，高高低低，速度更是難以捉摸。

顯而易見，黑暗中的刺客正在等待烏拉拉焦躁不安的空隙。

「難以捉摸？我只要不捉摸，你們就只是玩小把戲的小丑。」烏拉拉慢吞吞說道，劉海上的水珠沿著臉頰滑落，心中一片澄明。

「小丑？嘻嘻，嘻嘻。你已經一腳踩在死神的呼吸上啦！」

那詭異的聲音突然來到烏拉拉的背後，一動不動。

烏拉拉卻不爲所動，根本沒有回頭，只是緩緩舉起捏緊的右手。

「！」

烏拉拉腳底下的土塊忽然崩陷，瞬間形成一個直徑三公尺的坑，彷若獸的巨嘴。

小腿用力一蹦，烏拉拉冷靜地跳躍到半空。

十幾枚苦無從地底噴衝出土坑，伴隨著無數障蔽視線的土屑。

烏拉拉左躲右閃，大喝一聲，右手掌打開，一道爆炸似的白光往下猛衝，甚至爆破土坑直沒進去。

大明咒！

土坑裡一聲慘叫，接著是一個摀著雙眼跳出土坑中心的紅衣忍者。

烏拉拉沒有趁勝追擊，在半空中突然矮著身子，急墮落地。

「……」烏拉拉一落地，立刻拔出釘在肩上的吹針。

深呼吸，運氣，一道黑色血霧噴出創口。

針尖有毒，烏拉拉雖然及時將毒血逼出體外，但腦中仍是一陣暈眩的濃嗆感。

半空中，一道藍影一晃即逝。是方才突擊得逞的第二名忍者。

「來不及了，中了伊賀家特製的熊老毒，只要一點點……」

聲音從四面八方傳將過來，烏拉拉的四肢發冷，一股翻嘔的感覺攪進肚子裡。

冷靜的烏拉拉研判著自己身體的狀況，眼睜睜看著破土而出的紅色忍者忍著眼痛、重新用「食土術」遁掘進工地地底，消失不見。

「……」烏拉拉拍拍自己的臉，吐了吐舌頭。

舌尖麻麻的，好快的毒效。

「？」紳士在烏拉拉的肚子裡抓抓。

「放心，我腦袋清醒得很。」烏拉拉握拳、鬆拳，指尖也麻麻的。

現在，可還在戰鬥中。

不懂忍術的人，會以爲所謂「漫音術」的操控，是忍者以超高速在目標四周一邊盤旋，一邊說話，製造出聲音忽遠忽近的迷亂感，使目標無法掌握忍者的確切位置，漸漸在恐懼下失卻正確的判斷力。

當目標集中所有精神尋找施展漫音咒的忍者的位置時，隱密潛行在地底暗算目標、卻多多少少發出細碎掘土聲的食土術，就能趁機破土攻擊目標，奪走目標的性命。

伊賀忍者間古老的合作戰術。

烏拉拉沒有被迷惑，卻還是在與紅衣忍者的交鋒中，著了藍衣忍者的暗算。

「如果你眞的跑得這麼快，爲什麼不堂堂正正衝過來，朝我的脖子一刀下去？所以你根本是屬於實力不足，只能慢慢等待機會的那種弱到不行的忍者。」烏拉拉的舌頭痲痹，講話口齒不清。

幸好過去在黑龍江荒原上，奇奇怪怪毒物可絕不少，在與哥哥練功的時候偶爾都會被毒蛇、或蠍子、或不知道是什麼怪東西給咬著，毒液跟著血性竄流全身，痛苦難當，只能強以內力抵禦，幸好最後都不礙事。

久而久之，這兄弟倆對於「毒」的反應比絕大多數人都要來得和緩太多，有些毒根本就起不了作用，或作用得很慢。現在這什麼伊賀家的熊老毒，猛歸猛，卻不至要了自己性命。只要不死，將「天醫無縫」命格換上就可以解決最要命的問題。

所以當前之計，還是回歸到原點——一鼓作氣將這兩個忍者給解決吧！

「舌頭開始不像是自己的了吧？嘻嘻，接下來你連下巴都會闔不上。」

「喔？那你怎麼還不敢過來給我個痛快？眞的有弱成這種樣子喔？」烏拉拉嘴巴嘲諷，心中思忖這無法掌握位置的聲音，是怎麼製造出來的原理。

在險境中跟敵人瞎聊天，是烏拉拉的拿手好戲。如果敵人正好多話一點，或是自負過了頭，就進入了烏拉拉歪纏渾打的世界。

而擅長控制聲音遠近感的敵人，正好也需要「發出聲音」，即使知道烏拉拉的拖延戰術，藍衣忍者也樂意奉陪就是。

「也許我喜歡一點一點來，也許我喜歡看原本很自信的人，慢慢被看不見的敵人所打倒，最後露出害怕的表情呢……」

那聲音每個音節都各自分拆，同時從四面八方吹來，彷彿施術者刻意展現自己的能力似地。越是顯得自信滿滿，就越能帶給敵人壓迫感。

喔？但烏拉拉可不這麼想。

剛剛自己施展大明咒的時候，雖然是針對躲在土裡的忍者攻擊，但流光四濺一定也奪走了操控聲音的忍者的部分視覺。若那忍者貿然射出毒針，一試不中，還會暴露自己的位置。

所以，他也一定在等待自己的視覺恢復吧？

「這個世界上，有一種聲音術名叫腹語。」烏拉拉自言自語，嘴角淌著口水。

細碎的掘土聲在腳下五公尺處畏畏縮縮，不知何時發難。

下一次的攻擊，就是勝負揭曉的時刻了吧。

如果沒有躲過在黑暗中陰險訕笑的第二根毒針，就什麼都完了。

「……沒錯，就是這樣。不過不是腹語術，而是藉著……藉著什麼？」烏拉拉搔搔頭，眼睛快速環視四方，想要找出什麼。

烏拉拉的雙手塗滿火炎咒，緩緩積聚決勝負的能量。

一道細音快速接近烏拉拉，但這次烏拉拉飛快躍起，讓毒針從自己的鼻息前飛過。

「沒有天天在過年的！吉星！」

烏拉拉雙掌旋轉，幾點飛火啪啪啪啪從掌心往四面八方飛射，不以攻擊爲目的，而是以增加視覺上的「亮點」爲防禦策略。

如一陣風，烏拉拉飛快環踏四周，躲過一枚又一枚破空激飛的毒針，險象環生。

烏拉拉也用眼睛確認了自己的猜想。

工地四周半空中，竟然用細線吊綁著黑色的稻草娃娃，稻草娃娃的身上纏捲著白色的符咒，符咒上面密密麻麻寫著日語五十音❸。

「果然如此，你這個裝神弄鬼的鳥蛋忍者！」烏拉拉手指燎亂著火焰，劃出簡單俐落的火刃，火刃颼颼破開，輕輕鬆鬆就將用細線懸吊的稻草娃娃焚毀。

但每個稻草娃娃在著火毀掉的時候，突然從體內爆出無數刺針。只見刺針從四面八方噴射而出，烏拉拉連忙在左手臂上畫寫斷金咒，迅速撥開來襲的刺針旋風。

刺針攻勢何其突兀、猶如潮水，烏拉拉無法全數撥開，即使高速在空中翻滾，身上依舊頓時扎滿細小刺針，最後直摔在地上。

最後，還是沒能躲過……

❸ 這就是「漫音術」的真面目。忍者將聲音轉為純粹能量化的「心念」，藉由心念在稻草娃娃傳遞，驅動咒紙上的五十音以發出聲音，擾亂敵人耳目，或吸引敵人攻擊，或在逃脫時誘導敵人追逐錯誤方向。精於此術的忍者最多可以一次驅策十多個稻草娃娃，甚至可以令不同的稻草娃娃發出不同的口音。以上摘自《好孩子絕不可知道的東瀛忍術秘卷．咒物篇》。

第156話

「哈哈哈哈哈！單單漫音術還不至於要了你的命，只怪你一口氣毀掉所有的稻草娃娃，內爆用的刺針才會同時噴出，教你怎麼躲也躲不了。忍者的勝利毫無一絲僥倖啊！」藍衣忍者笑笑從黑暗中走出，看著摔倒在地，全身顫抖不已的烏拉拉。

失去了傳遞心念的稻草娃娃，加上烏拉拉成了血肉刺蝟，毒性入血，藍衣忍者已經沒有必要隱藏自己的位置。

藍衣忍者站在烏拉拉面前十公尺，大大方方抽出綁在大腿的暗殺刺刀。

烏拉拉額上都是中毒流出的冷汗，嘴唇都發黑了。

「『吉星』不會毫無意義的。」烏拉拉還是很冷靜。

烏拉拉抿著嘴唇、摸摸紳士的頸子後，紳士一溜煙跑走。

「喔？」藍衣忍者失笑，不懂烏拉拉在說什麼。刺刀反握在手。

「一個善於躲藏跟暗算的忍者，只要進入現身的階段，就是敗北的開始。」烏拉拉深呼吸，一鼓作氣站了起來，絲毫不因全身扎滿仙人掌般的毒刺所困頓。

怪了，這小子的氣息好像變了個人？

這就是所謂的「命格」轉換嗎？不對呀，敵方資料上寫著，命格轉換需要十五秒的時間，也該塗上特殊的血咒困鎖命格才是……

「……」藍衣忍者警戒地看著烏拉拉，不敢貿然出手。

奇怪，現在肉搏能力更強的紅衣忍者應該要破土而出，給眼前的獵命師一個痛快才是，怎麼……還在等最好的時機嗎？

「決勝負吧。」烏拉拉踏前一步，嘴角吐出一縷淡淡的黑氣。

「？」藍衣忍者竟然怔怔後退。

怎麼回事？還想打？明明就中了劇毒……那中毒的神色是裝不出來的……

「我說，決勝負吧。」他說。

儘管握拳，烏拉拉的身體只是保持虛弱的平衡，並沒有散發出像樣的鬥氣。

——這個獵命師殘破的身體，已經走到了絕境，任誰都看得出來。

但烏拉拉的眼睛，卻自信十足地看著藍衣忍者。

沒有威嚇逼迫，也沒有虛張聲勢，烏拉拉只是單純地展現理所當然的勝利意識。

「這算什麼？」藍衣忍者瞇起眼睛，戒慎恐懼地盤算應該採取什麼戰術。但心中更惦記的，是擅長食土術的紅衣忍者怎麼還不現身？

豎耳傾聽，地底裡的聲音好像早就消失了？

「是啊，好好決勝負吧。」

一個聲音從黑暗裡緩緩走出，是曾經與烏拉拉誤打誤撞並肩作戰的神祕蒙面女。

蒙面女手裡拎著「半個」血淋淋的屍體在地上拖著，拖出一道夾雜唏哩呼嚕腸水的紅色大墨線。

「啪啦！」

那半個屍體被蒙面女隨手丟甩出去，血肉模糊摔在烏拉拉與藍衣忍者中間，一整個怵目驚心，湯汁淋漓。

藍衣忍者一怔。不用說，那亂七八糟的屍體正是沾滿土屑的紅衣忍者。

不知何時開始的戰鬥，已經神祕地落幕。

蒙面女依舊揹著沉重的金屬箱，箱子底拖出一條鋼鏈，鋼鏈中段纏在蒙面女的手上，末端是個嵌著五片鋒口的金屬刃球。刃球微微搖晃在手臂下。

上次在運血貨輪上，被十一豺裡歌德破壞掉的武器顯然已經完美修復。

那一條，吹起死神呼吸的鏈球。

「別誤會，我會等你們打完。」蒙面女說，站在兩人的邊角等候。

藍衣忍者一凜，烏拉拉此時卻已大步走到藍衣忍者面前，每一步都沒有特別的力度，卻充滿了堂堂正正的不屈不移。

「！」藍衣忍者手上的刺刀將刺未刺，懸扣著。

烏拉拉的表情毫無一絲殺氣，是以藍衣忍者幾乎沒有防備，只是愣愣地看著身中劇毒的烏拉拉，就這麼從容不迫地走近自己。

每踏下一步，周遭的空氣彷彿就被抽走一點，一點，一點……

「這是我父親留給我們兄弟，最後的禮物。」

烏拉拉微笑，左拳護住下顎，弓起身子，慢慢舉起右手，將右拳拉到肩窩。

這個姿勢——未免也太誇張到不切實際了吧？

等等！這小子身上的氣不斷往上暴漲，是怎麼一回事！

不對勁！

周遭的空氣好像全部都消失了，成了抽象境界的奇異眞空。

藍衣忍者的第六感驚覺不妙，暗殺刺刀驟然往前一擊。

刺刀擊出的瞬間，烏拉拉左腳重重踏出，身體快速前趨，像投擲棒球般將放在肩窩上的右拳揮了出去。

燃燒命運，居爾一拳。

「！」刺刀削過烏拉拉的身體，唰地噴起一陣血肉屑塊，而烏拉拉「質素有異」的一拳也不偏不倚，落在藍衣忍者用面罩緊緊包覆的鼻梁上。

明明就是預備動作太大，軌徑誇張，非常容易閃躲開的大滑拳，藍衣忍者卻出奇地無法避開，就讓這充滿「命運必然」的強拳硬生生擊中自己。

身影交錯，擊中，乃至分開。

然後毫不廢話地分出生死。

烏拉拉站在藍衣忍者背後，疲倦至極地閉上眼睛，收起顫抖不已的拳頭。

刺刀還牢牢反握在藍衣忍者的右手上，身體也維持攻擊瞬間的樣態，只是藍衣忍者的頭顱被豪邁的拳勁穿透，從鼻心直直到後腦全都震碎，軟軟糊糊的後腦勺一塊塊一片片摔落。

「這就是獵命師的作戰。命的牽繫，運的羈絆，繁花落盡的決鬥。」烏拉拉。

第157話

紳士跑回，輕喵了一聲。

「:)」烏拉拉吁了一口氣。

適才瞬間聚集在烏拉拉身上的氣息漸漸渙散，即使肉眼無法看見，但身經百戰的蒙面女也清晰地感覺到有某種「非贏不可」的銳氣，像蓮花花瓣一樣，從烏拉拉身上層層剝落開來。

一下子，烏拉拉就連好好站著的力氣都沒有，緩緩蹲了下來，將「居爾一拳」送回紳士體內，同時將「天醫無縫」從紳士體內給轉載入自己掌裡。

手指一咬，帶著黑濁顏色的血咒重新爬梭到身上。

烏拉拉開始覺得非常飢餓，與暈眩。

「真厲害的一拳，如果是我恐怕也沒有辦法避過。」蒙面女嘆息。

「是啊，以我現在身體的狀況，如果不打出這一拳，我也不曉得要怎麼贏。」烏拉拉左顧右盼，生怕廟歲與聶老已經找上門了。

並沒有……說不定那兩個強到讓人發抖的前輩，在追擊自己的路上又遇上什麼阻礙，例如十一豺齊上輪暴什麼的？還是血天皇深夜微服出巡？烏拉拉胡思亂想。

「也有可能是正好經過很想吃、卻快打烊的老師傅烏龍麵，想了想還是決定先吃了再說。這種事誰都抵擋不住的，是吧？」烏拉拉看著自己不斷發抖顫動的雙手。

兩隻手變成四隻，八隻，六隻……

「？」蒙面女走向藍衣忍者，審視他破碎的頭顱。

眞厲害的一拳。

「反正我遲早還是會被逮著……他們那種人總是很臭屁，愛怎麼想就怎麼幹。」烏拉拉吐出一大口黑血，虛弱地說：「喂，雖然說男女授受不親，不過我好像快掛了，麻煩揹我到安全的地方，然後幫我買一大堆高熱量的食物。拜託了。」

身上所中的毒已經侵入內臟，烏拉拉的鼻腔裡溢滿腐敗的氣味。

「你不該告訴我這些的。」蒙面女眼睛綻放異樣的光芒。

「怎麼說，我們不是同伴嗎？」烏拉拉神色迷離，意識朦朧。

「那是今天晚上以前的事了。神奇的獵命師，很遺憾我必須取走你的性命。」

蒙面女話還沒說完，手中刃球飛擲出，在空氣中撕出一道裂痕。

「！」

烏拉拉一驚，反射性騰手防禦。靠著剛剛為撥開細小毒針所塗上的斷金咒，烏拉拉的手臂硬是與蒙面女擲出的刃球撞在一塊，發出難聽的金屬切撞聲。

「颼！」然後又來。

一個驚險絕倫的翻滾，烏拉拉勉強逃出蒙面女第二下刃球的追擊，但剛剛那一下硬碰硬，讓烏拉拉的左手血水如注，手骨也被砸斷了一半。

「妳幹嘛！」烏拉拉痛到整個人都醒了，吊著一口氣大吼。

蒙面女疾甩刃球，騰空一躍，毫不留情地又是一個由上往下的沉重鏈擊！

「喂！」烏拉拉毫不猶豫閃躲。地面爆開，土屑直衝而上。

蒙面女手中刃球的破壞力，絕不輸給一枚小型的火炮！

而蒙面女必須殺了烏拉拉的意志，更是強悍到不容分毫迷惘。

「等等！妳被奇怪的法術操縱了嗎？」

烏拉拉甫一落地，刃球還是緊咬不放，像自動導彈般在烏拉拉的腳邊爆破，即使沒有直接被掃到，那貫進地底的震撼力道還是讓烏拉拉的足踝一麻。

幾乎在同時，剛剛墜地的刃球又飛到自己的鼻尖前。

好快！

烏拉拉一個暈眩，腳步不穩，眼見這一次絕對躲避不開時，烏拉拉的頸子突然往後一折，往後極不自然地放身而倒。

「？」刃球堪堪在烏拉拉曲折的身體上空掠過，驚險萬分。

蒙面女沒有再繼續攻擊，因爲她察覺到剛剛烏拉拉那戲劇性的一躲，不是天外飛來的僥倖，而是因爲有外力攪局的關係。

一條肉眼幾乎不可能看見的絲線，纏綁在烏拉拉的脖子上。一扯一扯的。

「無論如何，獵命師不能死在骯髒的吸血鬼手裡。」

廟歲慢慢出現在烏拉拉背後，手臂上縛著一隻西瓜大的墨西哥紅尾毛蜘蛛，吐出的蛛絲牢牢纏著烏拉拉的頸子，神色倨傲。

昂貴的長老團自尊，令廟歲絕對不容許這麼一個將全族搞得人仰馬翻的通緝犯，喪命在邪惡世仇之手。更何況廟歲的手腕，還是被這臭小子給奇襲折斷的。

「逃的本事不差，但到此爲止了。」廟歲拍拍烏拉拉的頭，像是在摸做錯事的小鬼頭一樣，但語氣可一點都不善。

幾乎就要闔上眼睛待死的烏拉拉瞥眼注意到，眞正大難纏的聶老並沒有跟來。

「……笨女人，快逃！」烏拉拉到了此時，竟還在爲蒙面女打算。

發出臭味的血液，從烏拉拉左手嚴重的創口中汨汨流出，烏拉拉終於軟倒。

廟歲的後頸上，慢慢爬將出一隻窮凶極惡的皇帝巴布毛蜘蛛。

「逃？逃過惡魔之耳？」廟歲冷笑。

「……」蒙面女後退一步。

廟歲臉上的笑容凝結。

陰陽雙瞳

命格：天命格

存活：無

徵兆：宿主從小就經歷傳奇故事中所稱的「陰陽眼」現象，經常看見幽冥界的靈體，或天界的神祉。

特質：哪來的特質，不過就是陰陽眼。如果可以炫耀就炫耀吧，如果想發瘋就發瘋吧，如果想跟鬼魂做朋友就做朋友吧。他媽的不過就是恐怖兮兮、見鬼的陰陽眼！

進化：無

第158話

該怎麼說神谷螢子這個女孩呢？

神谷在叔叔朋友開的漫畫店打工已經有半年的時間，並不是爲了籌措學費或生活費，早年過世的雙親留給神谷一筆足夠她讀完大學的遺產。神谷只是單純地喜歡看漫畫，在放學過後有個固定的地方可以歸屬。如此而已。

從不與人交談的神谷，總是非常安靜地活在漫畫家精心構築的世界裡，在虛幻的國度裡與各式各樣的英雄共赴旅程。

坐在櫃台唸書或看漫畫時，遇到想認識可愛高中女生的客人攀談，神谷總是冷淡地做自己的事，絕不應聲。客人想找書或海報，神谷會乾淨俐落地指著櫃子某處，溝通直截了當。久而久之，許多客人都習慣了這樣的神谷，也不會在意神谷一視同仁的沉默。

但有個窮極無聊的異國客人，似乎迷上了以逗神谷說話爲樂，不管神谷怎麼對他不理不睬，他總是可以嘻皮笑臉地找話題跟神谷「抬槓」。

說是抬槓其實並不精確，那個怪怪、養了隻鬼靈精黑貓的大男孩根本就是在玩「單口相聲」，因爲神谷總是以淡漠的眼神回應他，一個字都沒對他說過。

一個字，都沒有跟他說過。

然而有連續好幾個禮拜，怪怪男孩每次到店裡看漫畫，都以一種「即使跌倒了，姿勢也會非常豪邁」的燦爛笑容，拚命跟神谷鬼扯淡，好像神谷的冷漠回應從來都不存在似的。前幾天，怪怪男孩甚至還用上了讓神谷百思不得其解的「人體自燃」魔術，嚴重驚嚇到原本心如止水的神谷。

該說他有毛病？還是欠缺社會常識？抑或是根本對「恥」字沒有感覺？

無論如何，怪怪男孩的目的總算達到了。

神谷暗暗在心中，爲怪怪男孩取了個綽號，「火貓男」。

當然了，火貓男並不知道自己在偷偷喜歡的女孩子心裡，已經有了一個名字重量的地位，因爲這個叫神谷的女孩，根本就不說話。

不說話，不想說話，也不能說話。

或者更沉痛地說，女孩已經忘了如何說話。

十年前，在神谷還只有七歲的時候，一件荒謬絕倫的慘劇闖進了她可愛的家。

那天晚上，媽媽正在廚房打理晚餐，剛下班的爸爸躺在沙發上看電視，小神谷爬上爸爸的大肚子，吵著要跟最疼她的爸爸玩她最喜歡的捉迷藏。

「把逼，我要去躲起來了喔，不可以把我忘記了！」小神谷綁著小馬尾。

「好啊，那小神谷快去躲起來，爸爸跟媽媽等一下去找妳喔，抓到了可要打屁股！」爸爸笑嘻嘻閉上眼睛，其實只是想趁小神谷跑去躲起來的時候小憩片刻。

爸爸一答應，小神谷高興地蹦蹦跳跳，跑出客廳開始找可以躲藏的地方。

沒有太多考慮，小神谷跑進爸媽房間，打開衣櫃就躲了進去。

在黑漆漆的衣櫃裡屈膝坐著，不知過了多久，小神谷快要睡著時，她終於忍不住想要走出小小的衣櫃，到客廳去凶一定是睡著了的爸爸。

就在小神谷即將推開衣櫃時，她突然打了個冷顫，小小的手指停在衣櫃門上。

客廳傳來媽媽的尖叫，然後是一連串家具撞倒在地上的巨響。爸爸似乎在大聲咆哮，聲音慌亂又充滿了憤怒。

但敲敲撞撞的聲音很快就停止了，爸也不再大吼大叫。

「……」小神谷全身縮成一團。

小神谷從衣櫃的細小窄縫裡看見，一個陌生男子抓著媽媽的頭髮，將驚慌失措的媽媽拖到房間裡，將媽媽用力摔在距離衣櫃只有兩公尺不到的床上。

接下來發生的一切，小神谷的眼睛都沒能闔上，就這麼看著媽媽被壞人欺負、蹂躪，任憑媽媽如何歇斯底里地哀求、恐懼地哭泣，最後壞人還是將媽媽壓在床上，一邊說著奇怪的話語嘲笑著媽媽。

最後，壞人張開嘴巴，將他像刀子一樣的銳利牙齒插進媽媽的脖子上，大口大口吸吮著媽媽的鮮血，讓媽媽的奮力掙扎看起來就像是壞掉的拉線玩偶那般可笑。

就在壞人打了個嗝後，媽媽沒多久就死了，眼珠子還瞪著衣櫃，視線穿透黑暗的隱蔽空間，與目瞪口呆的小神谷彼此對看。

壞人將媽媽的屍首留在床上，穿好衣服後就走了。

但神谷一直處於嚴重呆滯的精神狀態，就這麼一動也不動地坐在衣櫃裡，呆呆地看著媽媽黑白分明的眼珠。全身縮著，牙齒連打顫的聲音都不敢發出。

媽媽的頸子上，被壞人用利牙穿鑿出的兩個血孔，隱隱泛著黑氣。那黑氣好像有生命似地，漸漸在皮膚底下滲透開來，在擴染的過程中淡淡地稀釋、分流，最後化爲無數條細小的黑線爬散。

偶爾，媽媽的屍體會像觸電似猛然抽動一兩下，或在嘴角發出咿咿嗚嗚的細碎聲。

小神谷快要哭了，她竟非常害怕媽媽就這麼又活過來。

喜歡看恐怖電視影集的小神谷知道，這樣活轉過來的媽媽，將不再是原來的媽媽。

過了幾個小時，也不知道慘案怎麼傳出去的，幾個穿著黑色西裝的警察趕到家裡拍照蒐證，這才打開衣櫃發現了表情呆滯、眼睛噙著淚水的小神谷。

「小妹妹，妳沒事吧？」一個名牌寫著「渡邊友尚」的高階警官抱起了小神谷。

小神谷沒有答腔，只是乖乖地將雙手放在膝上，安安靜靜地看著了兩個警察將媽媽「愛亂動的屍體」放進一個黑色大帆布袋裡。警察拿出一個壓縮鋼瓶，將引口插進帆布袋的橡膠圓孔，並灌進奇怪的氣體，氣體將帆布袋輕輕撐脹開來。

不到幾秒，媽媽的「屍體」就安靜下來，被抬了出去。

出於天生的第六感，小小七歲年紀的神谷有種強烈恐懼的直覺——如果將躲在衣櫃裡目睹的一切和盤托出，不用多久，自己將無聲無息消失在這個世界上。

於是，小神谷也沒有提出「爸爸在哪裡」、「媽媽怎麼了」的問題，只是裝發呆，不論渡邊友尚警官怎麼詢問、逗弄、旁敲側擊，小神谷就是一貫冷漠地看著前方，毫不理會任何問題。

「長官，看樣子這個小女孩是受到過度驚嚇，精神失常了。」一個警員說道。

「……」渡邊友尚警官，看著雙眼並不存在確實焦距的小神谷，慢條斯理說道：「將這個小女孩送到V組特約的精神科，看看到底是出什麼毛病。還要，想辦法問出行凶的鬼有什麼特徵？」捏捏小神谷白皙的臉頰。

「是！」

「還有，請精神科做出一份強迫症的病例，別把事情搞得太複雜，知道嗎？」

「是！」

怪異血案的現場，就這麼給抹消殆盡。

就警察官方記錄來看，這件「家庭悲劇」肇因於兩位中產階級夫妻，在下班後因先生外遇問題發生嚴重爭執，羅患強迫症的年輕太太手持水果刀將熟睡在沙發上的先生刺死後不久，自己也在房間裡燒炭自殺。

而目睹母親持刀殺死父親的小女孩神谷螢子，因爲過度驚嚇而無法言語，並出現記憶失序的症狀，被送到精神科醫院接受妥善的輔導與治療。

精神科醫生判定，小神谷是罹患了「失語症」，合併多重精神官能失調症。

「……」小神谷看著窗外，彷彿在與另一個自己告別。

年紀小小就懂得僞裝失語與失憶的神谷，卻也的確因爲過度害怕「被抹消」，一個字、一點帶有意義的聲音都不肯吐露出來，即使在私底下也不敢偷偷說話，生怕養成不好的習慣，被躲在某處「看不見的眼睛」發現自己的僞裝。

久而久之，神谷眞的因爲過度害怕犯錯，而完全失去運用語言的能力。

靠著刻意的沉默與低調的行事，儘管身有殘疾，神谷在求學過程中並未受到太多歧視。平常在街上逛街、走路、吃飯的時候，神谷也會戴著耳機聽音樂，避開與人溝通的機會。不知情的人很可能不會發現神谷不能言語，就跟漫畫店裡的客人一樣。

神谷以爲，自己可以就此拋棄童年的家庭慘事，平平淡淡地渡過一生。

而現在，神谷卻呆呆地看著眼前發生的「靈異事件」。

第159話

今天晚上在漫畫店快要與下一個工讀生交班的時候，神谷正整理書包準備回家，一隻熟悉的白頸黑貓突然跳上桌子，拚了命喵喵叫。

「火貓男」出現在櫃台前，身體搖搖欲墜，眼神迷離地看著神谷。

「……」神谷獃住。

「讓我吃一大堆東西，越多越好……再加一個高中生的吻。麻煩了。」

火貓男笑笑，豎起大拇指，說完就很豪邁地昏倒了。

神谷訝異地看著倒在地上，臉色發黑的火貓男。

火貓男的臉色差到像射擊遊戲「惡靈古堡」裡的爛喪屍，好像中了劇毒。撇開中毒不說，火貓男的身上少說刺滿了二十多根細針，左手上的露骨裂口更是教人不忍卒睹，難聞的黃色骨水伴著刺鼻的黑血。

這種傷，在這年頭，在這個現實社會，根本就是「超現實」的奇幻怪傷！

應該送去醫院吧？——百分之百，應該送去醫院吧？

神谷拿起電話，想撥給醫院叫救護車。但握住電話的手突然起了雞皮疙瘩，自己並不能言語，怎麼求救？而且，自己根本也不想撥給醫院。

寒冷的第六感告訴神谷，這個城市所發生的怪事，不會只有小時候毀掉她家的那一宗。而這個火貓男身上離奇的重傷，也不過是深埋在這城市底，醜陋的冰山一角而已。

那，怎麼辦？

神谷的腦中，突然浮現出那一天火貓男手掌不可思議著火的畫面。

當時火貓男叫得可淒厲，但自己按照火貓男的「強烈建議」，「輕輕地朝火手吹了一口氣」，火貓男的手就莫名其妙好了，火消失得一點餘焰都沒留下。眞的是，荒誕到一點邏輯都沒有。

而這次，火貓男給的指示同樣無厘頭。

白頸黑貓不安地舔著主人闔上的眼睛，繞來繞去，似乎緊張得快要哭出來了。

「火貓男，你最好很有把握！」神谷心想。

神谷咬著牙走到街上召來計程車，奮力拖著火貓男上車關門，用紙條請司機送兩人回到自己租賃的小套房。一路上，神谷就依照火貓男昏迷前的吩咐，到便利商店買了一大堆麵包、零食、汽水，幾乎用光了身上所有的鈔票。

□

此時此刻，讓我們把鏡頭放在小小的租房裡，神谷呆呆看著火貓男吃東西的情景。

一小時前，不知所措的神谷用力拍醒昏迷囈語的火貓男。

「喔？」火貓男悶吭了聲，半闔著眼，拿起放在塑膠袋裡的麵包就吃，一口一口毫不間斷，慢條斯理咀嚼。每咀嚼三口，火貓男就拿起家庭號的可口可樂往嘴裡灌，同樣也是一口一口，維持穩定的進食節奏。

而神谷則戴著口罩，用鑷子幫忙火貓男將扎透衣服的細針逐一挑了出來。

起先神谷還算小心翼翼地動作，但火貓男好像沒了痛覺，拔出細針的瞬間也沒有反應，神谷的膽子漸漸大了起來，開始以最佳的效率將細針一一拔出，然後用剪刀剪開火貓男的衣服與褲子，露出火貓男赤裸的身體。

「……怎麼這麼多傷？」

神谷訝異地看著火貓男身上大大小小的新舊傷痕，拿起棉花棒沾碘酒幫忙在細針的傷口消毒，並開始煩惱該怎麼處理火貓男受創甚鉅、篤定殘廢的左手。

火貓男還是吃。意識不清，但還是吃、吃、吃。

剛剛一個多小時下來，買來的所有食物就只剩下一塊紅豆麵包，跟半罐鮮奶。火貓男好厲害的胃，無底洞似地，連上廁所都不必。

「……」奇異的是，神谷近距離睜大眼睛觀看，發現火貓男身上的新傷似乎正在慢慢閉合中，好像有無法解釋的能量正在幫助火貓男治療自己的身體。

沒錯，就是這樣。神谷越看越清楚，雖然療效非常緩慢，但的確有種黯淡的異色磷光在傷口表面流動，幫助傷口皮膚往中間推擠，結成黑色的痂點。而左手臂上可怕的創口邊緣，療效能量也正緩步作用著。

這是什麼神奇的能力？！神谷駭然。

是《海賊王》裡的惡魔果實？是「復元果實」嗎？

還是《ＪｏＪｏ冒險野郎》裡的替身能力？是類似東方丈助的「瘋狂鑽石」替身

麼？

《Hunter X Hunter》主張的念能力？例如貪婪之島裡「大天使的呼吸」卡片？

看過無數少男熱血漫畫的神谷，對於發生在自己眼前的奇蹟，雖然感到震驚與不可思議，卻比常人還要容易接受。甚至還有一點點的興奮。

神谷看著忠心耿耿守護在火貓男身旁的白領黑貓，黑貓似乎鬆了口氣，偎依在不斷進食的主人身旁，疲倦地閉上眼睛。

這隻怪貓，早就看習慣了主人這種能力了嗎？

你慢慢吃，我現在出去再買更多！

按照這個法則，只要你一直不停吃下去，身體就會完全復元吧！

越高熱量的東西，也一定是更有幫助的吧！

神谷振奮起來，用力拍拍火貓男的臉，匆匆拿起桌上的錢包，開門跑下樓。

憶幕了然

命格：情緒格

存活：五百年

徵兆：宿主歷經生命中瀕臨死亡的重大事件後，將在恍惚中、夢境裡看見自己的前世今生，乃至漸漸能穿破他人的軀殼，觀看到對方的前世景象。

特質：領悟因果法則的宿主，將對現世有了大澈大悟的體會。命格吃食宿主所看見的前世景象成長，而宿主也因為看過越多的前世景象而擁有不凡的靈魂。

進化：宿主與命格一起成仙。

〈搖搖欲墜的危險和平〉之章

第160話

美國，人類政府的最高軍事權力中心。

華盛頓附近波托馬克河畔的阿靈頓鎮，是美國國防部所在地。從空中俯瞰，這座建築成正五邊形，故名五角大廈。

五角大廈佔地面積二三五．九萬平方米，大樓高二十二米，共有五層，總建築面積六〇．八萬平方米，使用面積約三十四．四萬平方米，可供二．三萬人辦公。大樓南北兩側各有一大型停車場，可同時停放汽車一萬輛。

一九四七年美國第三十三任總統杜魯門建立的國防部開始在此辦公，從此五角大廈便成了美國國防部的代稱。

五角大廈裡除國防部機關外，還包括下屬的參謀長聯席會議和陸、海、空軍三總部。然而在僅僅只有五層樓設計的大廈裡，有一間並沒有出現在設計圖裡的特別議事室，「七〇四室」。

要進入這間特別議事室，有兩個條件。

第一個條件，成員必須經過最新的骨骼掃描檢查，瞳孔辨識，與更重要的亞硝酸銀稀釋氣血液樣本透析。

第二個條件，必須是對人類政府有著無比忠誠的權力人士。這些權力人士自願每分每秒都被中央情報局監控，以換取進入這道門的鑰匙。

七〇四議事室裡，台上的研究員正講解最新的類銀silver-pseudo進程。

螢幕上，一張又一張標示複雜結構式的化合物圖片，底下沒有人透出一絲疲態，就連正在夏威夷海軍基地參訪的美國總統也透過衛星視訊，聚精會神觀看此次會議。

會議現場，參議院議長麥凱、與會的十幾名國防官員與參議員，有的面色凝重，有的摩拳擦掌，各有各的立場。更多人不斷觀察其他成員的表情，希冀從一些細微的小動作找出各人意向的蛛絲馬跡。

要知道，這間房間裡半數以上的人，將決定這個世界的走向。

戰爭。

或全面戰爭。

「類銀在不斷地修正分子結構下，性質終於趨於穩定。類銀的研究困難來自現階段、甚至未來二十年的科技障蔽，都無法看到突破類重金屬化學成分對人體的傷害，人體的免疫系統在鏈結類銀之後，無可避免將產生抗體反應，引發多重器官衰竭，即使是在最佳的實驗條件下，樣本也會於七十二小時後死亡。如果人體一直無法適應類銀，那麼類銀就只是一種特殊的生化武器，而無法作爲疫苗使用。」研究員看著布幕上的投影片，專業到面無表情。

「我看連生化武器都談不上吧？有了在東京的紕漏，那些吸血鬼遲早會研發出檢驗血貨的方法，甚至只要篩選掉正在發燒的血貨就是了。」來自德州的參議員卜洛克，對這樣的進度表示不滿。

卜洛克此話一出，在場諸多議員紛紛點頭，一陣騷動。

身爲麥凱的政敵，卜洛克這些年一直在「立場」上與麥凱的鷹派角力。美國的文化表面上兼容並蓄，實則還是以最受軍方歡迎的「假鷹派」爲主。什麼是假鷹派？大抵是選定一個虛幻的敵人，例如二十世紀中期的共產主義勢力，二十一世紀初期的邪惡伊斯蘭文化，以不打戰爲綱領，卻藉可能開戰爲名高度發展軍事力、維持昂貴的軍費支出，長期下來，軍方的勢力越來越深化美國政府。

這個軍方勢力尾大不掉的狀況，讓主張與吸血鬼和平來往、貿易繁榮的卜洛克吃盡政敵麥凱的苦頭，有時還得揹上「賣國賊」的罪名。

「如果將類銀的濃度繼續往下修正呢？」議長麥凱關切。

連任五次的議長麥凱，對於人類與吸血鬼競合的態度，一向毫不矯飾站在絕對鷹派的立場。這樣的戰鬥意念讓麥凱受到吸血鬼所操縱的跨國企業體共同的抵制，卻也讓麥凱贏得「鬥士」的稱號。

而麥凱，也是Z組織長期挹注政治獻金的對象，親密的夥伴之一。

「無效。類銀與人體細胞的鏈結速度，幾乎與濃度無關。」研究員解釋。

卜洛克摸著下巴。看著麥凱，又看看以安分尼上將爲首的軍官，最後將眼睛著落到他的夥伴，加州議員哈達身上。

哈達會意。

「既然類銀的研究無法更進一步，又恐與吸血鬼勢力進一步對立，我建議提案將類銀研究的預算無限期凍結。」哈達低沉地說。

「哈達？容我這麼說，類銀的研究無法突破是一回事，但恐懼吸血鬼報復又是一回事。如果類銀嵌合人體的研究成功了，絕對會開啓人類完全的勝利……但這才是我們一直想要的，不是嗎？」麥凱深深吸了一口氣，他早白的頭髮裡，全是仇恨吸血鬼的歲月痕跡。

「毋庸置疑，人類完全的勝利是與會人士共同的願望。但既然類銀無法更進一步，我國政府跟東京之間的緊張就是毫無意義。」哈達說得慢條斯理，也有道理。

「不只是東京，別忘了就連我們美國的金融體系是誰在操作的？一旦兩族間開啓戰爭，我們首先就要面臨通貨膨脹跟股市崩盤的即時效應，民眾間的恐慌更是無法估計。還有，在中東的那些盟友會怎麼想？今早報價，石油現在已經每桶一百零五美元了，如果全面戰爭，整個世界的經濟將會萎縮一個世紀！」卜洛克疾言厲色說道。

一談及必然的經濟危機，每個既得利益者議員們，都是坐如針氈。

剛剛的一席話達到了效果，卜洛克頓了頓，緩聲說道：「反正現在說這些都沒有意義，畢竟類銀研究的失敗是無可否認的事實。拿著失敗的武器威嚇敵人，是我聽過最蠢不過的事。」

「等等，我想問的是，如果這份對立是有意義的話，各位是否贊成立即開啓戰爭？」一個議員越聽眉頭越緊，忍不住按下發言鈕。

這位議員懷疑這次的討論會跟類銀成功與否根本無關，而是更根本的立場問題。非黑即白，沒有灰色地帶。

「是啊，如果最終還是要走上對立，類銀的研究就不能停止。牙丸千軍那頭老傢伙這麼介意我們的類銀研究，反而證明這東西才是我們眞正的王牌，無論如何都要繼續研究。」麥凱的另一盟友也加入。

「如果二十年不成，就研究它三十年、五十年！我們不能只爲了我們這代人類著想，人類的永續生存是我們的責任。」麥凱加力，義正詞嚴。

「哼，就算類銀成功疫苗化了，我們僅限定美國、美國盟國、屬地發行，說不定才是眞正的、長久的安全之道，那時我們擁有的是『劃界』的權力與談判的籌碼，美國的國力與聲望將空前強盛，油價要它多少就多少，哪來這麼多廢話。總之，有了類銀這種好東西當後盾，居然還要跟吸血鬼正面作戰，是笨到了極點。」卜洛克眼神銳利。

「將人類劃分成自由人、血貨兩界，你一定會下地獄！」亞歷山大號的艦長，忠誠的天主教徒，馬克維奇用力拍桌。

卜洛克的確說得太過分了，馬克維奇這一拍桌，會場立刻陷入混亂。

「卜議員，你根本搞不懂人類的敵人究竟是誰！」議長麥凱對著卜洛克咆哮。

「你口口聲聲稱吸血鬼爲敵人，難道你想全盤否認杜克博士那篇關鍵的科學報告？」卜洛克淡淡回應，麥凱全身一震。

「儘管杜克博士那篇報告還未獲得證實。但，我想以吾國過去半個世紀錯誤的外交政策來看，『製造敵人』以求內部統合的政軍文化，恐怕已經不再適用於現今的兩族對立。我雖不苟同卜議員的人格，卻贊成卜議員的和平立場。」五星上將安分尼緩聲說道。

會場陷入吵雜與混亂，但除了極端的鷹派與鴿派，誰也不敢太鮮明地表示自己的立場。人類會議一貫的特色。

另一端，透過視訊參與會議的美國總統，終於發出了聲音。

「一直默不作聲的Z組織成員團，有什麼意見？」美國總統看著Z組織的代表團。

全場又靜了下來。

Z組織花了半個世紀的時間，終於在這個會議取得了三張入場券。勢力龐大的Z組織擅長低調內斂，潛在這場會議中看不見的票，卻不知還有幾張。

「本組織希望無論如何，都能以和平為貴，即使要戰爭，也該以另族的退讓為目的，而非以絕對的毀滅做依歸。既然總統許可了安分尼上將與牙丸千軍在日本海的協議，那麼某種程度上就應該遵守這樣的和平默契。」Z組織的領袖，莫道夫說道。

莫道夫留著兩撇有如撲克牌裡老K模樣的鬍子，頭頂寸髮不生，戴著讓人無法直接看穿眼神的灰褐色墨鏡。

「但是，要做到不戰、不降，就不能只是維持現狀。吸血鬼的科技發展與對貿易金融體系的滲透，已經遠超過我們的想像，什麼時候發難，人類的歷史就將在何時終結。」莫道夫沉靜地說：「人類是一種很容易感到恐懼的生物，自古以來毫無例外，誰先掌握了戰爭發動權，誰就贏得了讓對手五體投地的恐懼。血魔希特勒以雷霆萬鈞之勢吞滅了大半個歐洲，中間幾乎未逢抵抗，就是最好的例子。」

有道理，但都是沒有新意的廢話。所有議員靜靜等待莫道夫的結論。

「Z組織認為，類銀的研發可以依照約定終止，但疫苗法卻不能停止腳步。」莫道

夫推了推灰色眼鏡。

此話一出，全場莫不譁然。

「你這話簡直毫無邏輯。」一個議員直截了當。「類銀的研發如果終止，以類銀爲基礎的疫苗就不可能研發出來，這不是顯而易見的事實嗎？」儘管與Z組織私交密切，議長麥凱也不客氣回應。

「還是，莫道夫先生的意思是指……想來個以假亂眞？這麼做實在是太危險了。」卜洛克想得比較深遠，但也以爲不可。

莫道夫搖搖頭，一股奇異的天生威嚴緩緩將現場的氣氛壓下。

「Z組織自身的研究，已經針對類銀致命的缺點，做了最根本的改善。請呈上證物A4072。」莫道夫說完，手勢示意會場人員將一個長三公尺、直徑兩公尺的強化玻璃筒，抬到會場中間。

莫道夫似乎早就預見了這樣的會議氛圍，事先向議會的研究人員申請了展示證物。研究人員在展示物呈上之前，當然做了最嚴苛的安全評估。

這巨大的、像個大型三百六十度百貨公司櫥窗的展示證物，被會場人員抬放在議場中央，但緊緊包裹著玻璃的布簾還未除下，神祕的氣息令全場屏息以待。

「歡迎進入，第三種人類的世界。」

人生龍捲風

命格：機率格

存活：兩百年

徵兆：宿主的一生將面臨暴多的戲劇巧合，如生長在一個爭權奪利的家庭，為了磁浮列車BOT案所以親戚鬧到不可開交，爸爸外遇的女人興風作浪，私生子一大堆又都變成表兄弟，喜歡亂講英語的女律師老是跟所有男人搞七捻三，愛滋病變成周遭人士的非常普遍的家常病，宿主一不留神就變成漸凍人，黑道常到家裡走動放話，大家都喜歡用複雜的繞口令罵人才過癮。好煩的人生！

特質：特質？活在這種爛戲般的人生裡，能夠不變成漸凍人或得到人人有獎的愛滋病就要燒香拜拜了。

進化：人生不計較、人生霹靂火、人生摩天輪

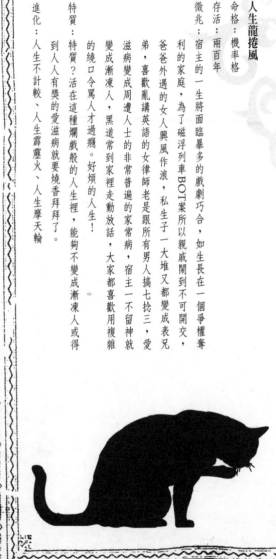

第161話

議長麥凱坐在防彈的黑色凱迪拉克後座，還無法從剛剛的驚詫中回過神來。

上帝啊，那是什麼東西？

灰色的皮膚，灰色的眼珠，灰色的頭髮，灰色的舌頭……從針筒取出的血液，竟也是灰色的液體……那種「血」，那種模樣，還能稱爲人類嗎？

上帝也會這麼稱呼這樣的基因生物爲「人」嗎？

即使是站在同一陣線，Z組織這一手還是教麥凱震驚得差點說不出話。

一小時前，在現場一片寂靜無聲的錯愕中，莫道夫不疾不徐解釋所謂疫苗法與「第三種人類」的關係，在於類銀之所以對人體產生毒化反應，是因爲人類的本質太過虛弱，無法承受類銀的寄居，而非類銀不夠完善。

然而在物競天擇的法則底下，人類的血液作爲吸血鬼的食物，註定成爲食物鏈中被獵捕的一群，人類將逐漸在演化的歷史中失去自己的角色。

「所以，人類應該做出選擇。」莫道夫嚴肅地站在座位前，掃視了所有議員。

「進化，或是消失。」莫道夫的結論。

如果莫道夫是認真的話，這就是麥凱議長聽過最愚蠢的計畫了。

「議長，請問要直接回家嗎？」司機看著後照鏡。

「快點離開這裡。越遠越好。」麥凱嫌惡地說。

凱迪拉克離開五角大廈的停車場，已經是晚上十一點了。

帶點涼意的夜晚下起雨來，雨水溫吞流洩在車窗上，麥凱看著黑色玻璃上倒映的自己。

頭髮已白，牙已鬆，皺紋狡猾地穿梭在自己的臉上。

老了，但只有這個年紀的人才能站在權力的頂峰。這是歲月累積的權力。

麥凱很滿意自己的樣子。

進化？眞是太可笑了。

尤其是爲了「讓類銀可以完美無瑕地嵌進身體裡，人類需要更強壯的基因結構」這樣的理由，去進化成那種灰色的如煤渣般的奇怪物種，眞是莫名其妙。

巨大玻璃櫃子裡那兩個實驗階段的新人類，姑且就稱他們爲第三種人類吧，看起來精神奕奕的燦爛模樣，想起來眞教人不安、作嘔。

據莫道夫說，只要利用Z組織研發出來的基因轉殖技術，一般人類將在二十四小時內進入類冬眠期，體質也將在七天至九天不等的急速蛻變後，「進化」到第三種人類的階段，並不用等到「下一代」。這個蛻變過程的死亡率約莫百分之零點三七，尚在可接受範圍內。

第三種人類的身體將能鑲嵌進各種高度排斥性的外在組織，這點跟吸血鬼的奇妙體質接近，但第三種人類的身體承受，卻包括了吸血鬼最懼怕的類銀——這就是關鍵所在。

除此之外，急速進化當然也有顯而易見的「代價」，就是皮膚變成高度角質化的灰色，灰色的深淺大底相仿，而且不管是白種人、黑種人、黃種人、紅種人等等，一旦透過基因轉殖手術產生進化，膚色都將殊途同歸到這個不算「色彩」的灰階地帶。

缺點自是不必說了，應該沒有人喜歡突兀的灰色皮膚，但美醜的觀點本來就是隨著時代不斷移動變遷的，至於灰色皮膚的優點，可說因膚色產生的人種歧視將完全消逝，而皮膚呈現千篇一律的灰色，對吸血鬼來說也是非常好辨認的標記——只要吃上一口血就會中毒暴斃的「禁食特徵」。此點毋寧是一種保護色。

「未來的人類世界，將只有兩種階級。擁有尊嚴地活下來，或是毫無抵抗地被吃食。」莫道夫淡淡說道：「全面倡導進化，才是人類堅忍卓絕的生存之道。」

所有議員都拿到一份第三種人類的書面介紹，算是廣告宣傳之類的官方推介，內容荒誕，用字遣詞卻十分認眞，讀起來教人不知該興奮發抖，還是恐懼到遍體生寒。

例如經過上千次的實驗證明，第三種人類的免疫系統比現行人類還要堅強太多，已知的疾病有百分之九十七都不會對第三種人類產生威脅，就連無藥可解的愛滋病都不是新免疫系統的對手，遑論五花八門的癌症。癌細胞根本沒有異變的條件。

第三種人類的視力平均是一點二，體溫降低二點五度，心跳每分鐘減緩七下。智商則沒有顯著改變，存活年齡還未可知，但依據合理推測，第三種人類的平均壽命在免除大多數疾病的威脅下，將達到空前的一百一十歲。

書面介紹的最後幾頁，Z組織更強調，第三種人類在生殖上屬於強勢物種，因爲在交配實驗中，不論是第三種人類之間的交配，或是第三種人類與現行人類的交配，所產生的後代百分之百都呈現第三種人類的樣貌。

跟隨著這個結果的結論居然是，第三種人類的基因在大自然裡屬於必然被留存的優勢，連神都選擇站在「進化」這邊。

「交配實驗？請問Z組織偷偷進行這樣怪異的基因實驗，已經有多久時間？」安分尼上將十分震驚，顯然極度不能接受。

「已經有十五年之久。吾Z組織早已發覺類銀的技術出現難以突破的屏障，所以在解決方案的思維上要優出美國當局許多。新的演化是屬於全人類的躍進，Z組織並非要獨佔演化的機制，相反地，Z組織竭誠邀請美國當局透過疫苗法的立法，一起參與，甚至主導此次七十二億人類的演化，讓所有的人類都免除恐懼的自由。」莫道夫淡淡說道：「這將是一個選擇，選擇和平演化的一群，跟選擇繼續武力對抗吸血鬼的一群，就在這個分水嶺上分道揚鑣吧。」

莫道夫說話的神情毫無抑揚頓挫，缺乏演說家的熱情，卻有一種從容不迫的剛強魅力，壓得全場無法再出異聲。

事實上，上百議員全都目瞪口呆地看著一雄一雌的第三種人類，赤裸裸在玻璃櫥窗裡驕傲地走來走去，以大家熟悉的微笑展示著自己灰色的陌生身體。

會議結束時，Z組織三位代表帶著神祕的微笑離去，留下那兩名「亞當、夏娃」給美國軍方進行研究。

莫道夫並聲稱，將會在近日贈送一百名自願的第三種人類給美國各軍事研究單位進行深度訪談、人道實驗，與體能測驗，好增進美國政府與Z組織的互信。

太扯，實在是太扯了。

麥凱在後座自行斟了一杯紅酒，舉起高腳杯，對著車內的橘黃燈光搖晃。漂亮的鮮紅漿液反射著光線，那色澤能勾引起任何一個貪飲之人的衝動，卻沒能如往常引起麥凱啜飲的慾望。

「……」

那麼吸血鬼呢？如果連吸血鬼也接受什麼見鬼的基因轉殖技術的話，能否參加這次的演化，變得他媽的灰透？然後也不必吸食人血維繫生命了！這樣豈不一勞永逸！

麥凱議長心裡嘀咕著。如果Z組織真有那個閒情逸致，實在應該去吸血鬼那邊提案，而不是在這裡嚇唬大家。

Z組織啊……心裡真是矛盾。麥凱看著紅酒。

自從三十多年前與Z組織接觸以來，自己的官運就一路飛黃騰達，靠著Z組織的政治獻金，與Z組織一向合拍的軍方合作，麥凱也不必跟與吸血鬼勾搭的政客們共同起舞，得以堅持自己與吸血鬼劃清界限的政治理想。

歲月匆匆，一晃三十年即過，總算沒有辜負自己當初的理想。

現在Z組織的頭領人物莫道夫提出這個激進的瘋狂計畫，或許意味著自己跟Z組織已到了理念分歧，是該分道揚鑣的時候？十五年了，這個變態的進化計畫竟然無聲無息地進行了十五年！而自己身爲Z組織最高的議會盟友，竟完全一無所悉。

麥凱嘆息。

這酒還沒入喉，就已十分無味。

嗶嗶，嗶嗶。

車內電話鈴響，麥凱接起。

「議長，我是卜洛克。」

「卜議員，有什麼事嗎？」麥凱不覺驚訝。

「我知道你一向與Z組織交好，但適才Z組織所提的第三種人類作爲人類生存的解決方案，我似乎從你的表情裡看到很大的不認同。我想確認這一點。」

「喔？確認之後呢？難不成這種稀奇古怪的和平演化方案，竟是卜議員你心中的良方？」麥凱調侃道：「這麼一來，你我多年對立的立場，可得諷刺地換換。」

「當然並非如此。我更覺得奇怪Z組織的想法，怎麼會是『演化』這樣的思維。你不覺得這樣的思維已經脫離常軌，變成一種令人費解的隱憂了嗎？」

「隱憂?我看是謎團吧。」麥凱將車窗搖下,將一口都沒嘗的紅酒給倒了出去。

就在此時,麥凱似乎看見車窗外快速晃動著什麼。

「?」一瞇眼,想要看清楚時,車底爆起一聲巨響。

整台凱迪拉克居然急速打滑,衝出公路!

第162話

凱迪拉克翻了兩個滾才勉強停下，半個車身重重砸晃在地上。

四個輪胎有兩個遭到裝甲子彈之類的外力破壞，才會造成車體劇烈打滑、翻覆。

受過嚴格軍事訓練的司機掙扎著開門下車，但才剛剛爬出車子，腦袋就被一道疾風刮走，叩叩叩地掉落在遠方沙地上。

鮮血在空中逸出一道淒厲的紅箭。

麥凱議長手中還呆呆拿著電話，腦中一片空白。

被襲擊了？

堂堂一個美國國會議長……被襲擊？

恍恍惚惚中，麥凱議長感覺到自己的臉上被刺眼的紅光給照得快睜不開眼。

「確認，是麥凱議長無誤。」

四個黑衣蒙面的襲擊者，彼此用耳話機溝通，一邊走向翻覆的凱迪拉克。

這些襲擊者的黑色勁服上掛載著奇異的裝備，這些裝備從未在任何陸戰隊或特種部隊的身上看過類似的物件。清一色的黑。

襲擊者臉上的護視鏡不斷閃爍出忽大忽小的紅光，上面疾跑著分析數據與怪異的參數。

四名襲擊者分散開來，從四個方向有條不紊地圍住凱迪拉克，接著各自從腰際摘下一顆橡膠球，輕輕丟在地上。

唧——

橡膠球破裂，從裡頭快速噴冒出壓縮過的紅色濃煙，頃刻間便「裹住」了整台凱迪拉克周遭半徑五公尺內的空間。

「議長？議長？喂？你還在嗎？我剛剛好像聽到了爆破聲？」電話另頭。

「卜議員……我……我想我遭到襲擊了？」麥凱議長喃喃，看著其中一名襲擊者舉起了手，從手臂外側的機關裡噴出一道黑色的快風。

「襲擊？」

那道黑色快風嗚嗚嗚地飛過麥凱議長的面前，一個急轉，麥凱議長的腦瓜子立刻給削成兩半。腦袋右邊還黏在脖子上，左邊卻朝半空血淋淋噴了上去。

一命嗚呼。

襲擊者一翻手，熟練地順勢拉了一道機關，黑色快風登時又回到襲擊者的手臂外側。似乎，是一面受磁力精準控制的金屬圓刃。

但對於襲擊者來說，殺死麥凱議長只是此次攻擊的前半段。

橡膠球裡的濃煙噴射已悄悄停止，四面八方已都在紅色濃煙的籠罩之下，那景象委實詭異至極。然而襲擊者都沒有裝戴口罩，顯然紅色濃煙的成分並沒有毒。

爲首的襲擊者，緊盯著護視鏡裡的異象。

一道奇異的能量自麥凱議員的屍體裡緩緩「破竅而出」，那能量並不具有實體，卻在特殊的護視鏡中呈現出不規則伸縮的星狀模樣。

那能量似乎在觀察周遭，有某種自我意識似地開始慢慢移動，但能量一碰到紅色的濃霧，彷彿觸電似地一震，被逼得往後退，然後再往另一個方向飛去。

「……」

四名襲擊者皆鎖定了那道星狀能量，紛紛從貼身背包底下拿出一面擦得閃閃發光的鏡子，頗有默契地慢慢靠近，慢慢靠近……

隨著襲擊者的步步逼近，只見有如活物般的奇異能量動作越來越激動，也越來越快，模樣好像海中的游魚在漁船大網逐漸收起時，那倉皇奔逃、不斷衝撞收網的樣子。

然而紅霧越濃，那能量似乎就越沒辦法突破，東碰西撞了好一會兒，終於被困在窄小的空間中央，幾乎動彈不得。

沒得選擇，鏡子裡奇異的召喚越來越強烈，那星狀能量一陣不安的哆嗦，極其不願地被吸進其中一面鏡子。但此能量卻仍不斷想爬出鏡面，那掙扎的躁動震得持鏡的襲擊者雙手幾乎要抓它不住。

「收網。」

襲擊者很快就將那面困住星狀能量的鏡子，與另一面鏡子給「面對面結合」起來，一扣鎖，那震動劇烈的躁動登時平息。

自古以來，傳說中接通陰陽兩界的鏡子，只要雙面對照，就能困鎖住……

「達成命令，依約取走麥凱議長的『官口』命格，收隊。」

襲擊者將雙對鏡收進背包裡，向同伴們比了個手勢，任務結束。

紅色濃霧尚未散開，未知身分的襲擊者就已離去，留下美國國會議長的半個頭。

世界劇烈變動的恐怖序幕，才剛剛掀起。

官口

命格：情緒格

存活：三百年

徵兆：宿主深受支持，官運亨通，一路平步青雲。

特質：具有統御眾人的氣質，能夠透過個人魅力擴染情緒，將自身意志強烈影響周遭人等，得到巨大的支持。許多革命家或演講家也有類似的氣質，但透過「官口」的命格能量才能使宿主自身置於體制內，仕途得到順利的強化。

進化：帝口（梁奕德）

第163話

陳木生待在沒有日夜之分的「打鐵場」結界空間裡，已不知過了多久。

傳說J老頭與這座城市締下了誓約，以一千年都不踏出打鐵場一步的條件，換取成爲這方寸之地唯一神祉的能力。

在打鐵場的結界裡，即使是永恆不滅的「時間」，對於J老頭來說也是用「生命」催動道術控制的一環。只要用等值的時間生命下去交易，J老頭便能將外界的「一天」，在打鐵場拉長成「十天」來使用。進入此結界的任何人，也得一併服膺同樣的時間效應。

十日夜，十日晝，這是道的時間。

雅緻的石階梯上堆滿了不堪使用的斧槍刀劍，全都是陳木生這陣子用爛的兵器。

敗軍之將用敗軍之器，在困頓的結合下對抗千奇百怪的紙咒獸。紙咒獸殺之不盡，有時如洪水瘋狂襲來，有時鬼魅般偷襲，有時陳木生會用目瞪口呆的茫然表情，看著不曾存在於世間的奇形異獸。

「喂？好端端的大老虎幹嘛生了龜殼又長了翅膀？」陳木生氣喘吁吁，脫力的雙手顫抖地拿著快要打歪掉的熟銅棍。

每一件原本就已喪失了鬥魂的兵器，都無法抵擋咒獸的攻擊太久，全賴不懂使用兵器的陳木生左支右絀地「試試看」。

是的，就是「試試看」。

前來找J老頭打造兵器的武者，個個都懷有上乘的功夫造詣，尤其對兵器都各有一套身經百戰後的領悟。但這些兵器的使用方式，其實都傳承自上一個會使用同一種兵器的武者，所謂的獨特的「領悟」，不過是在某個剖面上有了自己另闢蹊徑的見解，而非全盤的創新。

「欠缺創新的想法，就不可能成爲我創新的兵器。哈，與其多用你笨到塞車的腦筋，不如多讓你的身體自己想辦法應付！」J老頭坐在小几上，看著胡亂奮戰中的陳木生，得意地捧著熱呼呼的茶。

沒錯，對於陳木生這種「很強卻又很生」的武者，J老頭的訓練策略是放任其自然發展，讓陳木生在剛剛拾起從未用過的新武器時，就給予各種怪獸的各種攻擊，強迫自行在危險中找出應敵的方法。

如此一來，就沒有所謂的「亂來！」、「哪有人這樣出劍的？」、「這樣甩棍會露出大破綻！」等等窠臼式的先驗招式，陳木生每每用最笨拙的方式跟手上的兵器溝通，直到兵器斷折毀損爲止。

被咒獸咬到痲痹了，陳木生就直接昏死在石階上，直到不小心滾下石階撞醒爲止。累了，陳木生就毫不客氣大吃大喝一頓，然後倒在芳草如茵的庭園中呼呼大睡。

睡夢中，陳木生經常看見自己身處多年前，鹿港小鎭的老三合院裡。

夜裡，一壺茶水慢呑呑地吊在板凳前燒煮著。屋簷下，自己一邊發呆一邊用力戳攪著鐵砂，而笑嘻嘻的唐郎師父則在庭院間悠閒自在踢著十幾枚毽子。

毽子在半空中高高低低，低低高高，看得陳木生眼花撩亂。

那段日子，沒有變強的理由，只有變強的單純快樂。

自從師父「誤入歧途」背叛了秘警後，陳木生就鮮少說話，原本就已經不善言詞的陳木生，在過度沉默後行爲舉止變得更加迂拙，缺乏良好的人際溝通後，陳木生也變得更加固執。

表面上，陳木生是個非常有理想的漢子，一心一意想要磨練自己成爲足以向上官、向師父復仇的勇者。於是陳木生與幾個同樣想要表現自己的傑出獵人，一路從北海道往南旅行，最後潛伏在東京都裡，極盡驚險能事地剷除落單的城市吸血鬼。

要知道，在吸血鬼控制的魔都東京，吸血鬼獵人可謂最不可能生存超過十天的生物。每一晚陳木生都與同伴們活在隨時都會喪命的緊張氛圍裡，調查吸血鬼獨行暴徒的下落，加以暗中殲滅。

危險，但熱血萬分。然而骨子底，陳木生的人生戰鬥非常寂寞。

那些出生入死的同伴根本就無法共享「變強」的夢想太久。到了東京，在十一豺的殘酷反獵殺下，十幾個同伴們死的死，背叛的背叛，逃走的逃走。

不到半年，陳木生只剩下孤零零的一個人。

第164話

二〇一五年，十二月三十一日。

距離二〇一六年，只剩下四十六分鐘。

東京銀座，一間位於大廈十一樓的酒吧舞廳裡，擠滿了六十多個等待跨年倒數的年輕男女，他們在昏暗的燈光下，用瘋狂的扭腰、暴動式的集體搖頭吶喊、與一杯接著一杯的酒精，渡過二〇一五最後的糜爛時光。

落地玻璃環繞著整個樓層，城市的霓虹喧囂盡收眼底，街道上擠滿準備讀秒的人潮，讓舞廳裡的人更有紙醉金迷的感覺。

「等一下去我家吧，讓你見識一下了不起的東西呦！」

「眞的假的？上次茱茱子說你那隻傢伙沒什麼看頭呢──」

「阿凱！我家裡人都去夏威夷渡假啦，整間屋子都空晃著哩，等一下叫大夥過去續攤啦！玩色色的國王遊戲喔！」

「聽說山本那賊腦從荷蘭弄了一批新貨，很爽的！一起試試！」

年輕男女多言不及義，嘻嘻哈哈打鬧，就跟他們平常夜夜都在做的一樣，渾然不知酒吧走廊盡頭，靠近洗手間角落的大包廂裡頭，同樣在進行一場迎接新年的盛宴。

一場吞食紅色的恐怖盛宴。

包廂內，五個金髮碧眼的吸血鬼在裡頭「享用」著癱在桌子上的兩名人類女孩。

黑色沙發上都是褪去的高中制服，白色的水手服上衣，淺綠色的百褶裙，白色的泡泡襪，以及粉紅的內衣胸罩。

兩名嘴唇發白的女孩全身一絲不掛，四肢動脈俱被活生生插進外科手術用的透明軟管，身體大字形倒在玻璃桌上。女孩面無血色，驚恐不已地看著五個吸血鬼一邊聊天，一邊若無其事地咬起透明軟管吸食她們體內的鮮血。

女孩並沒有被施打任何麻醉藥劑，卻不敢放聲尖叫，如果她們膽敢掙扎或抵抗，倒在桌下那名頸骨被折斷的高中女生，就是最好的榜樣。

簡直就是，精神與肉體的雙面凌屠。

「乖，乖乖聽話不要亂動，今天晚上就不會死。」一個吸血鬼獰笑，用尖銳的指甲刺進一名女孩的乳房，女孩痛得咬牙欲哭，吸血鬼便趁勢將新的軟管給插埋進去，鑽啊鑽地，直到刺破乳房裡的動脈爲止。

吸血鬼你一口我一口，緩慢地奪走女孩的求生意識。若發覺吸吮的那條動脈已經乾涸或失去彈性，這些吸血鬼就再刺破新處插管，尋找還貯有鮮血的位置。

這群從美國西岸過來的白種吸血鬼，已經在東京作案多起了。他們並不接受日本吸血鬼的統轄，逕自在五光十色的青少年群聚場所中尋找鮮嫩可口的獵物。

仗著日本年輕女子普遍崇洋拜金的心理，這群美裔吸血鬼在舞池裡輕易搭訕到幾個女孩，幾句帶有色情暗示的邀約便將她們騙進包廂，慢條斯理用變態的手法凌虐致死，過程中並不用尖牙咬破動脈吸食少女血液，而是把外科手術用軟管插進被害人身上的幾條主動脈，像喝飲料般談笑享用，所以並不會留下吸血鬼標記的齒痕。當吸血鬼從容離去甚久後，店家才會發現包廂裡早已堆滿乾癟的少女裸屍。

媒體報紙給他們起了個戰慄不已的封號：「美少女放血人」，篇幅多半著墨在他們以模仿電影中吸血鬼吃食人血的概念，進行令人髮指的變態犯罪。

作案手法如此殘酷囂張，引起的社會恐慌必定引起日本吸血鬼高層不滿，可以說，這群美裔吸血鬼如果不是有勇無謀的笨蛋，就該知道他們在東京的敵人不是人類刑警，而是維護恐怖平衡的吸血鬼同類。

但他們之中，有個天賦異稟，足以招架十一豺的怪物。

「來者不善。」

一個正抽著大麻的藍髮男子突然開口，看著黑色的房門。

第165話

推推擠擠的熱鬧舞池中，不知何時出現一個身體發出臊臭的魁梧男子，模樣之突兀，立刻引起眾人的注意。

男子面容黝黑，肩上揹著滾燙的鐵砂，穿著牛仔短褲，褐漬色寬大內衣，還有一雙快要磨穿底的涼鞋，大剌剌地站在人群之中緊皺眉頭。

由於男子身上的臊臭實在恐怖到讓人無法忽視的地步，幾個舞池男女嫌惡地彼此推擠讓開，逐漸讓惡臭男子的身邊空出了一個大圈。

「啊——」男子高高舉起雙手打了個長長的呵欠，露出長滿雜亂毛髮腋下的瞬間，一股酸火臭朝四周狂襲，男子身邊的空圈半徑又往外擴大了一公尺。

是的，沒有別的可能。

此人正是鐵砂掌笨蛋，陳木生。

「大家注意一下！注意一下！不好意思！跨年派對已經結束了，在接下來的五分鐘裡，這個地方將會變成吸血鬼的墳場，請大家保持秩序從大門口離去喔！」陳木生大著聲嗓說起生疏的日語，將背上極沉重的鐵砂桶砰一聲重重放下。

兩個穿著黑色西裝，保鏢似的壯漢捏著鼻子從圍觀的人群中擠了出來。

所有男女七嘴八舌等著看熱鬧，氣氛又開始熱烈起來。

「這位先生，我們必須請你出去。」保鏢露出不悅的表情。

「啊，不好意思，我差點忘了這裡有最低消費！喏，給我一杯柳橙汁。」陳木生掏出幾張很髒的鈔票，小心翼翼地遞給保鏢。

「……」兩名山熊一樣的保鏢彼此對看一眼，聳聳肩，鼻孔噴氣，不屑地伸出手抓住陳木生的肩膀，用力一擰。

「！」陳木生隨手一抬，兩個壯碩的保鏢瞬間往後重重摔了出去，直到撞上了尖叫中的人牆才翻滾停下。

保鏢也不知道是哪裡中了掌，總之就像兩頭死豬趴在地上，胖大的身軀偶爾抽動個兩下，嘴角吐出白沫。

「解散了解散了！」陳木生似乎對這樣的情景非常習慣，腳步往前一踏，將滾燙的鐵砂撈出潑灑，地板一下子就給燒出一大片冒煙的焦黑。

所有人嚇得驚聲尖叫，左躲右閃，生怕讓胡亂澆灑的鐵砂燙著了。

「還不快滾！」陳木生大吼，一腳踢翻滾滾鐵砂。

啪啪唰唰聲，地板黑煙四起，立刻觸發了煙霧感應裝置，鈴聲大作，大樓的消防管線立刻灑水落下，將每個人淋成落湯雞，所有人往門口奔跑逃竄。

人群在陳木生背後散去，陳木生站在滿地滾燙的鐵砂中，看著走廊盡頭的大包廂。

「出來吧！」陳木生淋著天花板降下的落水，丹田鼓動大聲喝斥，震得天花板都隱隱晃動。

「了不起的獵人，大過年的竟然找得到這裡，嘖嘖。」

四個高大瘦削的美裔吸血鬼慢條斯理走出大包廂，嘴角還咬著剛剛拔出的帶血透明軟管，神色傲慢，並沒有將來襲的吸血鬼獵人看在眼底。

由他們頸子上的眼鏡蛇刺青，足見他們是來自舊金山的吸血鬼黑道，隸屬美國西岸，以白色皮膚爲主、勢力最強的蛇幫。

「循著你們嘴巴裡的臭味，不找到也很難。覺悟吧，我就是大名鼎鼎的吸血鬼獵人，鐵砂掌之，陳、木、生！」陳木生雙手抱胸，氣勢逼人。

「有意思，來到東京竟然遇到敢自稱獵人的傢伙？哈，日本血族當眞是吹牛不打草稿，什麼血族的觀光勝地嘛哈哈哈哈！」一個吸血鬼笑得前俯後仰，走到陳木生面前，慢慢彎下腰，瞪大眼睛打量只有一拳距離的陳木生。

陳木生用力回瞪。

「你說你叫什麼？什麼掌？」吸血鬼歪著臉，陰冷的鼻息吹拂在陳木生臉上。

「四十二。」陳木生瞇起眼睛，扳著自己的手指。

「啊？」吸血鬼失笑，嘴角咬著的軟管啪答啪答的。

「啊，不對，應該是四十三。」陳木生抬起頭來。

「你在說什麼啊？」吸血鬼哈哈大笑。

但他沒有笑太久，陳木生身形恍然一震，那位亂笑一通的吸血鬼兩腿立即離地，忽地飛撞在環繞四周的落地玻璃上。

崩！——匡……玻璃碎開！

吸血鬼眼神呆滯，不能置信地摔出窗外，與星光般的玻璃碎片一起身處十一樓的半空中。接著，便是哇地長聲慘叫，直直摔下！

「我說，你是被我幹掉的第四十三個吸血鬼。」陳木生看著破碎一大片的落地窗說。

「……」

其餘三個吸血鬼卻也沒有驚慌，只是彼此互相看了一眼，神色冷淡。

這個反應陳木生並不意外，因爲他知道眞正的高手並不是眼前的三者之一，而是依舊躲在包廂裡的「那個人」。

「那個人」身上發出的猛烈殺氣，穿透了包廂的牆壁，凍結了陳木生鼻前的空氣。

「不出來，就打到你出來！」陳木生毫不畏懼，雙臂筋肉盤虬，銳身上前！

三個吸血鬼瞬間飛躍散開，將陳木生包圍在中間。

「現在！」

吸血鬼拔出掛在腰上的蛇鞭，唰地破空飛抽出去，在空氣中爆起一陣悶響。

陳木生唔地一聲，機警往旁躲開了其中兩鞭，鞭力抽打在地上，地板毫不廢話炸裂開來，石屑紛飛。

但最後一鞭就避無可避了，黑色的線條在半空中曲張驟直，猶如毒蛇般往陳木生身上抽去，陳木生雙手護在胸前，硬是捱下了這火辣辣的一擊。

「啪！」陳木生痛極，擋在胸前的右手皮肉一紅，雙腳被震得連退三步。

厲害。出鞭的吸血鬼暗暗稱奇。

要知道使鞭的真正高手用起鞭子時，鞭子上的力道絕對比「子彈」或「刀刃」或「斧鎚」都要來得可怕，鞭上鋪有堅硬蛇鱗，鞭骨裡是高科技的碳塑纖維，高速甩盪出去所噴發的瞬間攻擊力，足以直接掃破大猩猩厚實的胸口，也能將汽車鋼板掃爆出一個大凹陷，更不用說區區人類的血肉之軀了。

然而，現在鞭子打在陳木生的手臂上，卻只是留下一條可怖的紅線，足見陳木生鐵砂掌的硬功夫。

然而就在陳木生硬捱第三鞭的抽擊時，另外兩條鞭子又重新發動攻勢。

唰！唰！

陳木生矮身避掉掠過他頭上的一鞭，卻教另一鞭重重擊在自己的背上。

「混帳！」陳木生慘叫，身體痛得不由自主拱成了奇怪的曲形，皮肉卻沒有爆開，鞭子照例只是在背脊上留下一條腫大的紅紋。

三個蛇幫吸血鬼大感訝異……竟有人能將鐵布衫的硬功夫練到這種程度？難道這個年紀輕輕的笨蛋整天都沒別的事幹，就是在練鐵布衫這種笨功夫嗎？不然，怎麼可能連背脊都練到足以抵受鞭力的程度？

「哼，殺不死你，也痛昏你了！」三名蛇幫吸血鬼冷笑，飛快縱躍在四周抽鞭攻擊，鞭子可怕的、難聽的、讓人不寒而慄的破空聲迴爆在舞廳中。

地板、鑲鏡的柱子、吧台的大理石板、懸掛的霓彩燈、桌上的玻璃杯，全都無法倖免，在鞭力之下一一噴爆開來，飛碎的小石子與鏡片也成了不長眼的散彈武器。四周沙發更是無一完好，牛皮裂開，裡頭的棉絮飄散在空中。

無法避開所有的鞭擊，陳木生苦苦忍住鞭子抽打在身上的劇烈痛楚，試圖冷靜地靠近其中一名吸血鬼想來個近身對決。

「他媽的！」但鞭擊的痛楚遠勝陳木生所受過的任何攻擊，鞭子每抽打在身上一次，陳木生的意識就會瞬間空白半秒，這半秒的時間就足夠讓圍繞陳木生攻擊的吸血鬼變換位置，重又拉開與他的距離。

「還在逞強嗎！嘻嘻，遲早鞭穿你的鐵布衫！」

「跪下來！嘻嘻，給你一個痛快！」

「嘻嘻，瞄準他的眼睛！眼睛！」

如果剛剛沒先將那頭吸血鬼給震下樓，現在要在四條鞭子中挪動半步，肯定倍加困難。難道自己要跟著從破碎的落地窗跳下去，用硬氣功著陸逃走嗎？

陳木生心想，小腿肚上又中了一記，肌肉發出撕裂般的悲鳴。

「可惡！有種就放下鞭子，我一個打你們三個！」陳木生怒吼，一掌催出。

這一掌當然沒能打到半個人，反而是陳木生自己的下顎被重重抽上一記。天！抽打在下巴上的鞭擊，比起硬捱現任重量級拳王的左勾拳絲毫不遑多讓。

陳木生的頸子高高向上仰起，鼻血啪啪然噴出。

呆呆看著快速旋轉的天花板，陳木生的腦袋裡竄出師父的身影……

如果現在被鞭子圍攻的是身手撟捷的唐郎師父，絕對可以躲過所有的攻擊吧？

如果是唐郎師父，就算再多十幾條鞭子，也沾不上他鬼影般電竄的螳螂拳吧？

第166話

「啊哈——我說你老是在練硬梆梆的硬氣功，攻擊的速度會慢下來的。如果敵人的速度就是比你快，你怎麼辦？」

「打死他！」

「白癡小徒弟，打不中他怎麼打死他？」

「老鐵師父說，硬氣功的奧妙就是敵人打我十拳，我打他一拳就連本帶利回來了！所以說硬氣功的確是，行！」

「行個屁啊哈！你瞧老鐵哪一次打到過我？如果灌滿硬氣功的鐵掌一直都砸不到敵人身上，即使有再大的力量都沒有屁用哩。」

「打死他！只要被我卯中一掌就分出勝負了！」

「打死個屁啊，根本的解決之道，莫過於把身體練到即使使用會緊繃肌肉的硬氣功，瞬間欺近敵人、然後發動攻擊的速度也比敵人快。如果沒到那種境界，就乾脆假裝高深莫測，安安靜靜等敵人自己接近你，然後再一掌呼呼呼呼刮過去。」

「打死他！」

假裝高深莫測？安安靜靜等敵人接近，然後再一掌呼呼呼呼刮過去……

「等一下！」陳木生大叫。

夾雜渾厚內力的聲音之猛，震得三名吸血鬼不禁一愣，還眞的停下手。

……如果這個大笨蛋突然使出這樣的巨吼，或許早就震懾住吸血鬼，偷到一秒、半秒的時機衝到敵人旁邊，然後擊出他可怕的掌力。當然，這傢伙顯然笨得可以，已經錯過了這樣的好時機。

陳木生狼狽地站在三條鞭子中間，氣喘吁吁，身上掛著琳琅滿目的血紅鞭痕，下巴腫一塊、臉變成大豬頭，活脫就像個受盡大家族集體家暴的智缺受虐兒。

「要認輸了嗎？嘻嘻嘻嘻，還是想乾脆從這裡跳下去一死了之？」一個吸血鬼摳著頸子上的眼鏡蛇刺青笑道，同樣也是汗流浹背。

只見陳木生深深吸了一大口氣，神色鎮定，身上的硬氣功急速聚斂，受盡折磨的皮膚上漸漸發出一股燥熱之氣，令身體周遭的空氣因高熱而扭曲模糊了起來。

「讓你們見識，鐵砂掌的究極大絕招……中國古拳法的最高境界。」陳木生咬緊牙關，小腿肌肉一迸，雙腳蹬破底下的石板。

好厲害的硬氣功！

「喔？」三名吸血鬼隱隱一驚，忍不住後退了一步。

只見陳木生赤紅著臉，雙手五指箕張，一上一下成爪放在腰際，兩腳紮起固若磐石的馬步。「氣」在陳木生體內奔流、膨脹，乃至凝斂，發出嗶嗶剝剝的細小聲響。

但，這個所謂的……「鐵砂掌的究極大絕招、中國古拳法的最高境界」姿勢，三名吸血鬼好像在哪裡見過？

「龜、派、氣……」陳木生的頭頂冒煙，頭髮冉冉豎了起來，眼睛瞪得老大。

陳木生原地不動，喝地一聲「功！」突然雙掌齊出，朝著其中一名吸血鬼「發出氣功」，那名吸血鬼神色大駭，倉皇往旁打滾躲開。

只見陳木生仍呆呆站在原地，維持「發完氣功」的愚蠢姿勢。

……什麼事也沒發生。

「操！敢耍老子！拆了他！」三名吸血鬼惱羞成怒，三條鞭子電光般齊出。

陳木生不閃不避，任由蛇鞭飛捲上自己的脖子、左手腕，以及右腳踝，牢牢纏住。

這是蛇鞭陣中最恐怖的「分屍」，有幾條鞭子就將敵人拆成幾塊的恐怖招式，近乎刑罰。由於特殊處理過的蛇鱗極堅，碳塑纖維更是韌性十足，敵人只要被蛇鱗鞭纏住就幾乎不可能掙脫，最後肌肉活生生扭爆開來，乃至四方五裂而死。

牢牢纏鎖在陳木生脖子上的蛇鞭最是凶險，在吸血鬼用力拉扯下猛力陷進陳木生的頸肉裡，試圖窒息陳木生的意識。

「果然，師父說得沒錯……」陳木生整張臉浮出好幾條青筋，眼珠瞬間爆滿血絲，鼻血硬是被擠出兩槓，模樣淒厲。

陳木生右手抓起勒住脖子上的鞭子，左手反扣住腕上的鞭子，右腳一抬，狠狠踏住纏在腳踝上的蛇鞭。一運氣，百分之百的硬氣功瞬間引爆，將三個吸血鬼手中的蛇鞭硬扯得僵持不下！

「怎麼可能！」一名吸血鬼獃住，鞭子幾乎要脫手而出。

陳木生長嘯一聲，右手鐵砂掌冒出黑色焦煙，手上的蛇鞭鱗片倏地迸開，鞭骨跟著爆碎，化爲難聞的一團沾手的黑色黏塊。

鞭子，竟斷了。

陳木生精神一振，左手奮力一拉，不願意放開鞭子的吸血鬼被急速拉近陳木生，等到他嚇得想鬆手的時候，陳木生的鐵砂掌已經往他的腦袋上重重印了下去，直接將吸血鬼的五官打成化整爲零的一個。

「鬼扯！」其餘兩個吸血鬼連面面相覷都省下了，不約而同拋開已被反制的蛇鞭，想要逃回包廂求助「那個人」。

但陳木生哪肯放過機會？一個虎嘯追上，正瞄準一個吸血鬼的脊椎骨想摔手下去時，一道快速絕倫的藍影從走廊盡頭衝出！

九把刀的秘警速成班（六）

皇城禁衛軍，為牙丸武士軍事力的最高指揮。計有「東京十一豺」、「特別V組」，主要負責首都東京之內的治安問題。但東京十一豺平日沒有接獲特殊命令時，可以自由在國境內行走。

皇城禁衛軍有發動境內戰爭的權力，在通過白氏長老團的同意，與獲得血天皇的認可後，始可對任何標的發動全面戰爭。

國境死衛團，計有「四國冥殺團」、「九州虎門團」、「北海道武熊團」、「東北軍火總庫」等編制，負責東京之外的全日本地下社會治安。位階隸屬於皇城禁衛軍之下，隨時接受調度。

境外特勤部，計有「淚眼咒怨」、「十臉」、「血液思想研究社」、「神道」，分別在不同世界版圖中活躍，進行特務滲透或外交人員保安等工作。境外特勤部在編制上亦隸屬皇城禁衛軍，但運作上是獨立的存在，直接向最高指揮官牙丸千軍負責。

境外特勤部與皇城禁衛軍有某種牽制的權力平衡關係。

第167話

「！」

陳木生擋架不及，某個看不清楚的東西突然鑽進自己的肚子，將他重重往上毆飛。

落下時，陳木生哇一聲口吐鮮血，站都站不穩。

藍色的快影停住，是一個身材瘦到幾乎沒有一寸「真正肌肉」的骷髏人。

「這種速度……你是……嘔……」陳木生難過得跪下，這種超高速的打擊真是要命，完全突破了鐵布衫的防禦。

刀……沒錯，就像刀子一樣。

剛剛自己所受的這一擊，即使無法貫穿鐵布衫的外殼，勁道卻毫無保留地以「一個點」的細微打擊面積鑽進陳木生的腹肌裡，直接摧毀內臟。

好可怕……陳木生看著眼前的藍髮骷髏人。

骷髏人的面頰深陷，穿著黑色的皮衣皮褲，卻顯得十分寬鬆，高高隆起的肩胛骨是他的強烈特徵；毫無肌肉，徒有骨架的他可是擁有最佳人體風切角度的超快速凶器，是美國蛇幫的三大將之一。

一個擁有，肉體速度與亞洲第一飛刀，不相上下的超級傳說。

骷髏人一雙黑漆漆的大眼珠猶如蝙蝠般瞪著陳木生，身上散發出一股不祥之氣。

肚子快炸開的陳木生握緊拳頭，又吐了一大口血，奮力站起來，蹲好馬步。

敵人很強，但，只要被我卯中一掌……

「颼。」

藍影倏忽來回，手起手落。

陳木生呆呆地站著，不能置信地慢慢轉動脖子，看著自己的左手臂整個遭到破壞性脫臼，等到完全回過神來，那斷掉的骨頭倒刺進肌肉裡的尖銳痛苦，直教陳木生發不出任何聲音。

骷髏人在陳木生身邊慢慢走來走去，端詳著這位將他兩個夥伴殺死的獵人，就像在檢查一盤剛剛上桌的鮮嫩牛排。

「咬……」陳木生瞥眼感覺到骷髏人走到自己背後，一咬牙，迴身就是重重一掌。

不用說，根本沒能沾到骷髏人的邊，反而是骷髏人的超高速刺拳扎進陳木生的右胸上，鐵布衫徹底崩潰，肋骨喀喀喀斷折，幾乎要插進陳木生脆弱的肺臟裡。

陳木生終於倒在地上。

只用了三拳。

「大哥，把他交給我們處理吧，嘻嘻。」一名吸血鬼撿起地上的鞭子，在空中虛抽了一下，賊兮兮地往前走近。

「隨便。」骷髏人看著自己枯瘦卻尖銳的拳頭，似乎不是很滿意。

骷髏人又打量了一下大字形躺在地上、一動也不動的陳木生。鐵布衫這樣的功夫，竟然可以招架自己三拳才倒下？

突然間，骷髏人感覺到一股巨大的壓力從「下方」漸漸而上。

「有同類搭電梯上來，小心。」骷髏人用眼神斥退了兩個躍躍欲試的吸血鬼，皺眉道：「……非常強，比起十一豺……還要強！」雙拳不知何時已經握緊，藍髮冉動。

兩名蛇幫吸血鬼同伴不由得警戒起來，鞭子盤繞在地上，隨時準備捲起攻擊。

——不，不是電梯。

骷髏人轉頭看著破碎的落地玻璃旁，一個穿著紅色皮衣褲的亮眼美女輕輕躍上。

紅衣美女站在舞廳的風口上，俐落的短頭髮在夜風中凌亂地吹拂著，吉普賽女郎般的性感厚唇閃閃發光，細長的眼睛笑吟吟地看著舞廳裡的一切。

牙丸禁衛軍，副隊長阿不思。

沒有人亂動，也沒有人多說一句話，維持隨時都會傾覆的危險氛圍。

「城市管理人跟我說，最近鬧了很多案子的人通通擠在這裡，果然一點也不假，大家都是響叮噹的大人物呢。」阿不思笑笑看著倒在地上的陳木生，叉著腰補充道：「咦，你們已經先打了一架，幫我料理好開胃菜啦？好貼心呢！」

骷髏人冷冷看著阿不思，並不答腔。

這個女人真不簡單。笑吟吟的纖細外表下，竟然有著那麼可怕的怪力。

「將橫綱的膝蓋踢碎，再將大山倍里達打成重傷的人，就是你吧？」阿不思看著骷髏人毫不在意地走上前，靴子踢了踢幾乎昏厥的陳木生，確認陳木生的傷勢。

「我們只是在這裡觀光，是十一豺那些傢伙先來爲難我們的！我們大哥已經刻意留手了，所以才沒有殺死那兩個找碴的傢伙，這也算是我們蛇幫給你們東京牙丸一個面子。」一個蛇幫吸血鬼沉聲道。

阿不思沒有理會，反而蹲下，拍拍陳木生的臉頰。

「原來你就是之前老是自稱什麼……鐵砂掌的什麼的獵人？明明就很弱啊，怎麼老是想不開要鬧事。哎哎，結果現在出糗了吧？嘖、嘖、嘖。」阿不思捏了捏陳木生的鼻子，優雅地站了起來。

這位負責東京都地下治安的女人，改以好奇的眼光觀察沉默不語的骷髏人。

「美國蛇幫三大將之一，與台灣上官飛刀齊名的鐮鬼，眞是有失遠迎。」阿不思露出淺淺的笑容，手指放在性感的鮮豔嘴唇上說：「既然你留給我們東京牙丸一個面子，我也該禮尚往來一番。你們把一隻眼睛跟一根舌頭挖出來，就此離開東京，我就當蛇幫沒有來過。這筆交易如何？」

骷髏人鐮鬼，總算有了點像樣的冷酷表情，直言：「阿不思，聽說從來沒有人在見識過妳的神祕大絕招後，還能活著告訴別人。今天晚上，我卻想親眼瞧瞧。」

鐮鬼此話，等於是下了戰帖。

「哎哎，交易不划算？」阿不思兩手一攤，無可奈何地苦笑，好像聽見一件非常麻煩的事情似地。

沒有反應，於是阿不思高高舉起雙手，毫不在意露出空隙地伸了個懶腰，說：「好吧，那麼就這麼決定了，你們今晚就死在這裡吧。」

此時，令人驚異的事發生了。

陳木生咳著血，踉蹌地在阿不思身後站起，身上的硬氣功再度勉強運行。

「喂……打架也得講個先來後到吧。瘦皮鬼，我們之間……還沒結束！」陳木生擺出蹲馬步架式，咬牙切齒的模樣，逗得阿不思笑得花枝亂顫。

阿不思的身影瞬間一分爲二，一左一右。

鐮鬼也幾乎同時消失。

「！」陳木生的臉上濺起冰冷的鮮血。

不，應該說四周爆起無數血塊碎骨，攪炸的紅色如龍捲風刮起，驚得陳木生一動也不敢動，只曉得用硬氣功牢牢護住自己再不堪一擊的身軀。

陳木生咬牙，壓抑自己內心的恐懼，想看清楚這場對決究竟是怎麼一回事。

隱隱約約，藍影遠遠快過紅影，但兩名手持蛇鞭的吸血鬼已經著了阿不思的道，在某種無法想像的巨力衝擊下，訓練有素的身體竟瞬間爆炸。

「……」陳木生整個獃住。

紅影與藍影同時停歇。

鐮如蝙蝠般倒掛在天花板上，身上沒有一處傷痕。

「眞快，名符其實。」阿不思舔著嘴角滲出的鮮血，並沒有生氣。

剛剛一輪肉眼無法辨識的猛烈交鋒，不到十五秒，阿不思就已掛彩，且傷得不輕，身上的紅色皮衣更被高速的拳勁切得零零散散。

第一回合的勝負，顯然讓兩人之間的實力拉出了距離。

「再忍一下，很快就會結束了。」鐮鬼冷酷地說，身上散發出不祥的殺氣。

那股不祥的殺氣，冰冷到連無法動彈的陳木生都忍不住停止呼吸。

「……」然而阿不思只是，高高舉起自己的右手。

高高舉起自己纖細的右手，然後輕輕轉動手肘關節。

嗡嗡。

嗡嗡。

嗡嗡。

阿不思靈活的手肘關節，帶動整個上手臂緩緩旋轉，在空氣中刮起沉悶的低吼聲。

嗡嗡。

嗡嗡。

嗡嗡。

那沉悶至極的聲音，以極爲緩慢的節奏刮擺夜風，將四周空氣全都凝滯了起來。

唯一堪堪可以比擬的形容，就是要命的沉重巨斧，而這無形的巨斧竟出自一個骨架纖細的女子手底，矛盾的對比讓沉悶低擺的嗡嗡聲更加詭異。

那嗡嗡聲非比尋常。

——非比尋常到，以超高速爲名的鐮鬼，竟遲遲不敢往下俯衝攻擊。

「這是什麼怪聲啊？」陳木生心中大駭，身體依舊無法動彈。

夾在鐮鬼的冰冷殺氣，與阿不思手上的沉悶怪聲之中，陳木生猶如一顆隨時都會被巨大壓力擠破的蛋。

肉體，與自尊心都在瀕臨崩潰的邊緣。

冷汗從陳木生全身上下大量爬泄而出，讓他想起剛剛那兩名吸血鬼瞬間爆炸成屑的唯一可能——他們只不過被阿不思的手刀輕輕一帶，就遭到毀滅性的衝擊力吞噬。

陳木生登時明白，這是一場「超極速v.s.超暴力」的決鬥。

鐮鬼開始在天花板上縮小身體，蓄力欲發。

阿不思則笑吟吟地站在地上，揮舞著嗡嗡震響的「手斧」，好整以暇等著。

兩股力量尚未硬碰硬，就在氣勢上狂亂地較起勁來，大廈舞廳內的空氣已經膨脹到抵達極限，百分之一百二十的絕對飽和……

猛地，渾身冷汗的陳木生打了個噴嚏。

第168話

哈啾！

簡單明瞭的噴嚏聲，劃破了無法再保持一秒恐怖平衡的較勁。
藍影如針，無聲無息疾落。

「撲通，撲……」

陳木生的心跳暫時停止。
眼前，崩陷出一道誇張翻滾的巨大裂縫。
那是……什麼……什麼鬼啊……

「摧枯拉朽」，是陳木生心中唯一能想到的形容。

阿不思背對著裂縫，笑笑看著自己，彷彿那道恐怖絕倫的痕跡跟他完全不相干。

陳木生完全陷入極大震驚中的極大迷惘。

剛剛，那沉悶的嗡嗡聲瞬間停止的時候，是不是跟著一聲大爆炸似的巨響？

有嗎？巨響？

有那一聲巨響嗎？

我真的聽見了？還是自以為是的錯覺？

鐮鬼完全消失了。

他最後留給這個世界的，只是填塞進牆上巨大裂縫，一道模糊慘然的黑。

空氣中懸浮著細小的石灰，與漸漸消散的妖異能量。

那裂縫幾乎撕毀了這層樓的縱向結構，可怕的力道似乎仍持續浸透進裂縫背後的鋼骨支架，似乎可以聽見這棟建築物在發出咿咿啞啞的悲鳴。

阿不思吐出一口長長的濁氣，帶著若有所思的笑容打量渾身冷汗的陳木生。

陳木生的背脊爆出一粒粒雞皮疙瘩，一股電流蒙上頭皮。

「剛剛爲什麼要爬起來？乖乖躺著找機會逃走不就得了嗎？你看我這個懶散的貴婦模樣，難道眞的會無聊到去追你這隻小蝦米？」阿不思好奇問，左手按摩著右手肩膀。

看不出跟在阿不思的問題後，藏有什麼諷刺的敵意，所以氣氛格外詭異。

「我發過誓，面對吸血鬼，我絕對不逃。」陳木生勉強收攝心神。

「有志氣。據說有個獵人甚至義務幫我們剷除幾個任意作怪的獨行俠，效率不錯，肯定就是指你吧？小朋友，你來東京多久了？」阿不思搔搔頭，左手還在按摩著右肩，顯見剛剛那一道「斧擊」撕裂的肌束與神經極鉅。

「……半年。」陳木生喘息，憎恨著自己的沒用。

今天晚上，就是自己的死期。

毫無疑問。不需要第六感都該知道這點。

「半年！眞是奇蹟。」阿不思噗嗤一聲笑了出來，說：「東京十一豺，你恐怕連一個都沒遇上過吧？嘖嘖。」

陳木生無法反駁，實際上他曾遭遇過幾個，只是每次都在當時還未死的同伴堅持下，架著他匆匆逃跑。

「一個獵人要在這座城市裡生存，光是有勇氣還是不夠的。還得要有運氣。」阿不思雙手握拳，做出啦啦隊的打氣樣，說：「我現在心情很好，一百分一百分！所以小朋友你今天的運氣顯然不錯，姊姊決定要放你一馬。」

陳木生愣住，腦中一片空白。

「平凡人做不平凡的戰鬥，是很珍貴的志氣喔，姊姊親你一下。要堅持下去喔！」阿不思戲謔地吻了陳木生一下，陳木生虎軀一震，眼淚竟然生生落了下來。

……被吸血鬼的亂入所救，被迫聽吸血鬼的讚美與鼓舞，最後還被吸血鬼笑嘻嘻親了一下，自己算什麼狗屎吸血鬼獵人？

「喏，給你。」阿不思拿出一枝筆，隨手在名片紙背後畫了一張簡易地圖，塞在陳木生的手掌裡，說：「照圖去這個地方找大名鼎鼎的J老頭吧，請那個閒得發慌的老頭子幫你修補一下身體，斷掉的肋骨要是插進肺臟，你就玩完囉。還有，他看到你這副德行，一定會想幫你造個什麼千古神兵的，你也別跟他客氣了。」

阿不思拍拍陳木生的肩膀，轉身躍下大廈。

「快走吧，特別V組等會兒就會來清理現場。後會有期囉！」笑笑。

陳木生雙膝終於跪下，無能爲力的他，只能臣服在那道狂暴的巨大裂縫前。

「十！」

「九！」

「八！」

「七！」

「六！」

大廈底，熱鬧輝煌的街道上，成千上萬的男男女女歡欣鼓舞，手拉著手，相互擁抱，在這座吸血鬼精密控制的城市裡大聲喊著倒數的數字。

「五！」

「四！」

「三！」

「二！」

「一！」

「新年快樂！」

煙火在東京鐵塔上升起，一朵朵燦爛爆開，火樹銀花綴滿城市的夜空。

陳木生震聲巨吼，悲憤長嘯。

新年快樂。

魔都東京唯一的，備受關愛的吸血鬼獵人。

一元復始

命格：天命格

存活：無

徵兆：宿主在人群中的存在感稀薄，周遭朋友也沒什麼特別之處，日子過得平平淡淡，無風無雨，無病無痛，卻也沒有什麼高潮迭起。

特質：宿主方圓十公里的各式各樣命格，不分能量大小、體系差別，全都暫時失去任何神奇的「作用」，故用在命格作戰時，是極為可怕的無差別消滅，勝負的條件將重新歸零。

進化：無

（黃文瀚，男，香港，開始覺得「人生怎麼可能是不停戰鬥？」的三十二歲）

第169話

打鐵場。

在陳木生不甘不願、想盡辦法用手中兵器對抗紙咒獸的同時，J老頭也依照約定，開始「治療」走火入魔了的烏霆殲。

青黑色石井邊，一個大凹槽，渾身赤裸的烏霆殲泡在奇異的透明液體裡。液體泛著淡藍色的光紋，上面蒸著縷縷白色的焦煙，味道嗆鼻。

凹槽裡，正是J老頭用來放置還製作中的原始兵器材質的特殊液體：藍水。

藍水可以令任何金屬材質保持在穩定的狀態，好讓J老頭在形塑新兵器時，能夠將兵器的形狀、長短、重心、平衡、鋒口、角度，掌握到恰如其分的匠心獨具。

擅使火炎咒的烏霆殲，被體內躁動不已的劣命掠奪了神智，身體變得比燙鐵還要焦熱，無形的精神暴走能量更無法估計。只有藍水這樣的冶煉奇物才能勉強壓制失去意識的烏霆殲。

「你的意識困在死亡與憤怒的幽泉，上不得，下不去，那是鬼的道，不是人的道。但老頭子我知道，一旦擁有過的力量，你這個狂人是絕不肯鬆手放過的。」J老頭的煉魂瞳眨眨，跟烏霆殲潛意識裡深層的靈魂對話。

面無表情的烏霆殲只是泡在藍水裡，仰頭露出口鼻，享受著這誤打誤撞來的難得靜謐。自從與弟弟分道揚鑣後，烏霆殲鮮少好好這麼睡過一覺。

J老頭繼續說道：「走上了鬼之道的人，都對世界懷抱巨大恨意，對世界的報復之心念茲在茲，久了便無法回頭，踏入黑暗的人間地獄，成爲凶人。漸漸地，凶人靈魂的燭火只剩下光明一線，一有惡意的風刮起，最後一縷殘火瞬間灰飛湮滅。凶人將化爲鬼，永遠在黑暗裡孤獨地追求所謂的強，所謂的擋者披靡，所謂的天下無敵。」

烏霆殲無語，只是靜靜地躺在藍水裡。

如果要用「治療」的方式對待這位凶人，費點神，不需要多久就可以用道術將他體內的惡命一一排洩而出。畢竟這也是那些被困鎖住的惡命希望，J老頭只要做個巧妙的導引即可。

但這麼做的話，烏霆殲一直在做的捨身凶事，就全部化爲烏有。

Ｊ老頭微笑，說：「但你這位凶人的靈魂裡，竟躺著跟別人都不一樣的東西。你對這個世界懷有與恨意等量齊觀的巨大熱情，你對某個遠方的女孩懷有無條件如大海般的愛，你對不知身在何方的弟弟懷有殷切的兄長期待。凶人啊凶人啊，你將自己的身體當作了承載惡意的器具，當作了鬼的修羅道場，目的竟是毀滅另一個巨大的惡意。」

了不起。

「就讓老頭子幫你一把吧，咱們做個恐怖又危險的實驗。成功的話，你所能做的回報，就是出去把那些膽敢擋在你面前的牛鬼神蛇，殺得抬不起頭來。」攤開手，Ｊ老頭看著自己的掌心。

焦黑斑駁的皮膚上，有著無數燙疤與傷痕，錯綜複雜地蓋住原本的掌紋。比起所謂的掌紋，這些因鍛造無數兵器而留下的燙疤與傷痕更有自己的生命，每一道烙印都是踏踏實實的人生。

幾百年前，一個老友造訪了此居，在打鐵場恍惚的虛無時間裡住了半個世紀。

那段時間裡，Ｊ老頭從老友身上學習到了驚人的能量之術，讓Ｊ老頭的手藝從此不再是手藝，而是一種境界。

到了那時，Ｊ老頭才領悟所謂的兵器之道，有俯拾即是的原始呼應，有精心打造的匠心獨具，有先天珍質的完美焠鍊。但最上乘的冶兵之法，卻不是在風爐旁敲敲打打即可心領神會。

那是一種道。

能量之術，道之法。

「如果那位煉命師老友還在的話，由他來替你整治一下你體內橫衝直撞的鬼祟東西是再好不過，包你脫胎換骨。可惜啊，現在你倒楣到了老頭子手上，可得將就一下老頭子的旁門左道。」Ｊ老頭的「鍛氣瞳」赫然一張，精光暴射。

烏霆殲的昂藏身軀猛地一震，藍水濺出大凹槽。

「天堂地獄啊，教你領教一下老頭子的手段。」

Ｊ老頭伸手探入藍水，抓住烏霆殲的右手斷腕處，兩眼綻露人世間不存在的奇色。

「把你拽出來，製造成世界上最強的命格凶器吧！」

《獵命師傳奇》卷六　完

英雄不臥底，臥底見英雄

上官無筵，台灣最強的吸血鬼。
一柄飛刀，奪走多少梟雄恨，英雄淚？
聖耀，遭徐福千年未竟「凶命」寄宿，乃至家破人亡，朋友死絕。
善良的他，能否擔負人類當局的期望，成為狙殺上官的臥底英雄？
在陽光底下來去自如的妖怪？
還是，
在黑暗中與魔鬼共舞的人類？

獵命師傳奇 FateHunter

外傳《臥底》十二月登場

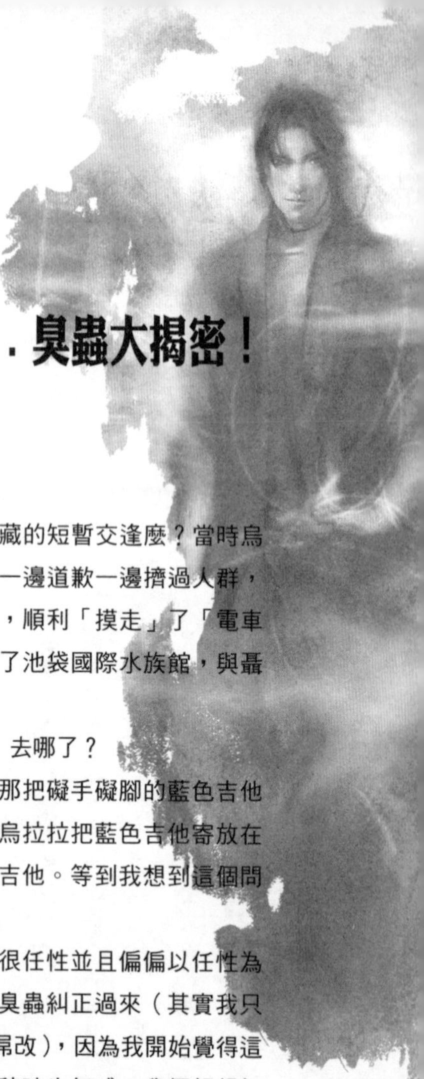

《獵命師傳奇》卷五．臭蟲大揭密！

還記得烏拉拉在電車上與宮本武藏的短暫交逢麼？當時烏拉拉揹著哥哥送他的藍色吉他，一邊道歉一邊擠過人群，然後在與色色中年人擦身而過時，順利「摸走」了「電車痴漢」命格。緊接著，烏拉拉到了池袋國際水族館，與聶老、廟歲作戰……

問題出來了，那把「藍色的吉他」去哪了？

從聶老的雷切斬破大水缸開始，那把礙手礙腳的藍色吉他似乎完全消失了。我並沒有交代烏拉拉把藍色吉他寄放在哪裡，或是作戰時怎麼處理那把吉他。等到我想到這個問題時，獵命師五已經寫完了。

寫完了……就寫完了啊。基於我很任性並且偏偏以任性為榮的爛個性，我並不太想把這個臭蟲糾正過來（其實我只要交代一下就可以了，但就是不屌改），因為我開始覺得這件事情有趣了起來，加上編輯校稿時也無感，我便超想知道眼睛特刁鑽的大家，倒底有沒有辦法發現這條臭蟲。

結果啊，你發現了嗎？

獵你的創意，秀你的圖
「獵命師大募集！」活動

發揮你的想像，秀出你的創意，畫出或者cosplay出《獵命師傳奇》你心目中的故事角色。我們將於《獵命師傳奇》最新一集出版前，固定由作者過九把刀親自遴選，刊登在當集的獵命師書中喔！讓你的創意在《獵命師傳奇》的世界中登場，還可得到G大簽名書及限量T恤一件！

活動詳細活動辦法，請至蓋亞讀樂網貼圖區參觀
http://www.gaeabooks.com.tw/

- 大賞作品（兩名）可得《獵命師傳奇》新書一本及限量T恤一件。
- 入選者可得《獵命師傳奇》新書一本。

【本集大賞】

這頭他媽的普藍哲夫的油彩很有魄力啊！
by Giddens

hades · 普藍哲夫

烏霆殲這種會噴火又會愛弟弟的哥哥，誰都想要打包回家啊！
by Giddens

ostara448 · 烏霆殲

hades

毛冉
louely99

ALAGAN

ALAGAN

ALAGAN

Lynxes

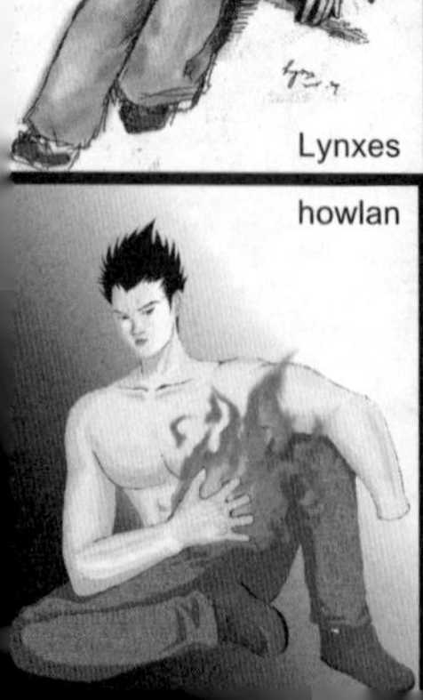
howlan

廟
azul

風宇
azul

【入選作品

mafansl

94.8.19
ostara448

ALAGAN

azul
鰲九
廟

ostara448

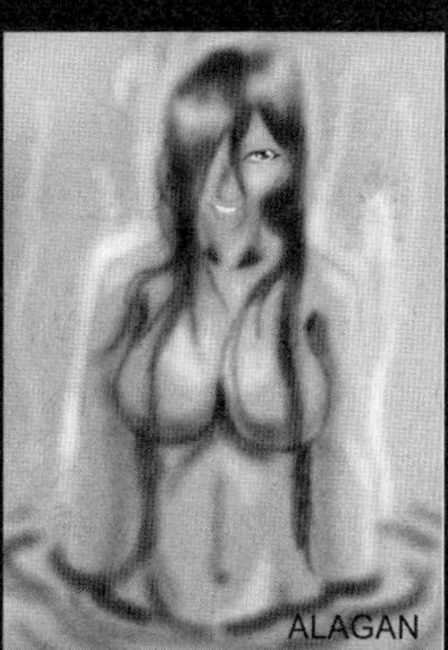
ALAGAN

Lydia
ostra448

蓋亞文化圖書目錄

書名	系列	作者	ISBN	頁數	定價
恐懼炸彈（新版）	都市恐怖病	九把刀	9789867450340	320	260
大哥大	都市恐怖病	九把刀	9789866815690	256	250
冰箱	都市恐怖病	九把刀	9789867929761	240	180
異夢	都市恐怖病	九把刀	9789867929983	304	240
功夫	都市恐怖病	九把刀	9789867450036	392	280
狼嚎	都市恐怖病	九把刀	9789867450142	344	270
依然九把刀（紀念版）	非小說・九把刀	九把刀	4710891430485		345
綠色的馬	九把刀中短篇小說傑作選	九把刀	9789866815300	272	280
樓下的房客	住在黑暗	九把刀	9789867450159	304	240
獵命師傳奇 卷一～卷十二	悅讀館	九把刀			各180
獵命師傳奇 卷十三	悅讀館	九把刀	9789866815447	272	199
臥底	悅讀館	九把刀	9789867450432	424	280
哈棒傳奇	悅讀館	九把刀	9789867929884	296	250
魔力棒球（修訂版）	悅讀館	九把刀	9789867450517	224	180
都市妖1 給妖怪們的安全手冊	悅讀館	可蕊	9789867450197	240	199
都市妖2 過去我是貓	悅讀館	可蕊	9789867450241	232	199
都市妖3 是誰在唱歌	悅讀館	可蕊	9789867450272	208	180
都市妖4 死者的舞蹈	悅讀館	可蕊	9789867450357	240	199
都市妖5 木魚和尚	悅讀館	可蕊	9789867450395	240	199
都市妖6 假如生活騙了你	悅讀館	可蕊	9789867450425	200	180
都市妖7 可曾記得愛	悅讀館	可蕊	9789867450562	240	199
都市妖8 胡不歸	悅讀館	可蕊	9789867450623	240	199
都市妖9 妖・獸都市	悅讀館	可蕊	9789867450753	240	199
都市妖10 妖怪幫幫忙	悅讀館	可蕊	9789867450784	240	199
都市妖11 形與影	悅讀館	可蕊	9789867450951	240	199
都市妖12 小小的全家福	悅讀館	可蕊	9789867450982	240	199
都市妖13 圈套	悅讀館	可蕊	9789866815539	240	199
都市妖14 白鶴與蒼狼	悅讀館	可蕊	9789866815287	224	199
青丘之國（都市妖外傳）	悅讀館	可蕊	9789867450470	320	220
都市妖奇談 卷一～卷三（完）	悅讀館	可蕊	9789866815058		各250
捉鬼實習生 1 少女與鬼差	悅讀館	可蕊	9789866815119	208	180
捉鬼實習生 2 新學期與新麻煩	悅讀館	可蕊	9789866815126	240	199
捉鬼實習生 3 借命殺人事件	悅讀館	可蕊	9789866815263	352	250
捉鬼實習生 4 兩個捉鬼少女	悅讀館	可蕊	9789866815270	256	199
捉鬼實習生 5 山夜	悅讀館	可蕊	9789866815409	208	180
捉鬼實習生 6 亂局與惡鬥	悅讀館	可蕊	9789866815416	240	199
捉鬼實習生 7 紛亂之冬（完）	悅讀館	可蕊	9789866815515	240	199
捉鬼番外篇	悅讀館	可蕊	9789866815652	320	250
百兵 卷一～卷三	悅讀館	星子	9789867450456	192	各180
百兵 卷四～卷八（完）	悅讀館	星子	9789867450531	272	各199
七個邪惡預兆	悅讀館	星子	9789867450913	272	200
不幫忙就搗蛋	悅讀館	星子	9789867450258	308	220
陰間	悅讀館	星子	9789866815027	288	220
黑廟 陰間2	悅讀館	星子	9789866815577	256	220
無名指 日落後1	悅讀館	星子	9789866815362	336	250
囚魂傘 日落後2	悅讀館	星子	9789866815446	288	240
蟲人 日落後3	悅讀館	星子	即將出版		
太古的盟約 卷一～卷四	悅讀館	冬天			各240
太古的盟約 卷五～卷八	悅讀館	冬天			各199
惡魔斬殺陣 吸血鬼獵人日誌 I	悅讀館	喬靖夫	9789867450821	240	199
冥獸酷殺行 吸血鬼獵人日誌 II	悅讀館	喬靖夫	9789867450838	240	199

＊實際定價以各書版權頁為準

殺人鬼繪卷　吸血鬼獵人日誌Ⅲ	悅讀館	喬靖夫	9789867450920	240	199
華麗妖殺團　吸血鬼獵人日誌Ⅳ	悅讀館	喬靖夫	9789867450937	368	250
地獄鎮魂歌　吸血鬼獵人日誌 特別篇	悅讀館	喬靖夫	9789867450999	192	129
殺禪　全八卷	悅讀館	喬靖夫			各180
誤宮大廈	悅讀館	喬靖夫	9789866815423	256	220
天使密碼 01 河岸魔夢	悅讀館	游素蘭	9789866815386	272	220
天使密碼 02 靈夜感應	悅讀館	游素蘭	9789866815614	256	220
異世遊1	悅讀館	莫仁	9789866815584	304	240
異世遊2	悅讀館	莫仁			
伏魔　道可道系列1	悅讀館	燕壘生	9789867450630	168	139
辟邪　道可道系列2	悅讀館	燕壘生	9789867450647	168	139
斬鬼　道可道系列3	悅讀館	燕壘生	9789867450722	224	180
搜神　道可道系列4	悅讀館	燕壘生	9789867450739	224	180
道門秘寶　道可道系列5	悅讀館	燕壘生	9789866815522	320	250
活埋庵夜譚（限）	悅讀館	燕壘生	9789867450333	224	200
仇鬼豪戰錄 套書（上下不分售）	悅讀館	九鬼	9789866815379		499
彌賽亞：幻影蜃樓 上下兩部	悅讀館	何弼＆櫻木川	9789867450609	240	各180
銀河滅	悅讀館	洪淩	9789866815508	288	240
公元6000年異世界（新版）	悅讀館	Div	9789866815621	312	240
天外三國　全三部	悅讀館	Div			各180
永夜之城　夜城1	夜城	賽門・葛林	9789867450760	288	250
天使戰爭　夜城2	夜城	賽門・葛林	9789867450845	304	250
夜鶯的嘆息　夜城3	夜城	賽門・葛林	9789867450968	304	250
魔女回歸　夜城4	夜城	賽門・葛林	9789866815041	336	280
錯過的旅途　夜城5	夜城	賽門・葛林	9789866815232	352	299
毒蛇的利齒　夜城6	夜城	賽門・葛林	9789866815393	360	299
影子瀑布	Fever	賽門・葛林	9789866815607	464	380
德莫尼克（卷一）不是所有的孩子都是天使	符文之子2	全民熙	9789867450388	336	280
德莫尼克（卷二）微笑的假面	符文之子2	全民熙	9789867450418	336	280
德莫尼克（卷三）失落的一角	符文之子2	全民熙	9789867450449	336	280
德莫尼克（卷四）劇院裡的人們	符文之子2	全民熙	9789867450579	352	280
德莫尼克（卷五）海螺島的公爵	符文之子2	全民熙	9789867450692	336	280
德莫尼克（卷六）紅霞島的秘密	符文之子2	全民熙	9789866815089	368	280
德莫尼克（卷七）躲避者，尋找者	符文之子2	全民熙	9789866815355	368	299
德莫尼克（卷八）與影隨行（完）	符文之子2	全民熙	即將出版		
符文之子 卷一：冬日之劍	符文之子1	全民熙	9789866815133	360	299
符文之子 卷二：衝出陷阱，捲入暴風	符文之子1	全民熙	9789866815140	320	299
符文之子 卷三：存活者之島	符文之子1	全民熙	9789866815157	336	299
符文之子 卷四：不消失的血	符文之子1	全民熙	9789866815164	352	299
符文之子 卷五：兩把劍，四個名	符文之子1	全民熙	9789866815171	352	299
符文之子 卷六：封印之地的呼喚	符文之子1	全民熙	9789866815188	352	299
符文之子 卷七：選擇黎明（完）	符文之子1	全民熙	9789866815195	432	320
羅德斯島傳說1：亡國的王子	羅德斯島傳說	水野良	9789867450487	288	240
羅德斯島傳說2：天空的騎士	羅德斯島傳說	水野良	9789867450555	320	240
羅德斯島傳說3：榮光的勇者	羅德斯島傳說	水野良	9789867450586	304	240
羅德斯島傳說4：傳說的英雄	羅德斯島傳說	水野良	9789867450654	336	240
羅德斯島傳說5：至高神的聖女（完）	羅德斯島傳說	水野良	9789867450777	272	240
羅德斯島傳說（外傳）：永遠的歸還者	羅德斯島傳說	水野良	9789867450906	224	200
羅德斯島戰記1：灰色的魔女	羅德斯島戰記	水野良	9789867929563	304	269
羅德斯島戰記2：炎之魔神	羅德斯島戰記	水野良	9789867929570	336	299
羅德斯島戰記3：火龍山的魔龍（上）	羅德斯島戰記	水野良	9789867929723	240	210
羅德斯島戰記4：火龍山的魔龍（下）	羅德斯島戰記	水野良	9789867929730	296	250
羅德斯島戰記5：王者聖戰	羅德斯島戰記	水野良	9789867450166	384	330
羅德斯島戰記6：羅德斯之聖騎士（上）	羅德斯島戰記	水野良	9789867450173	286	260

＊實際定價以各書版權頁為準

國家圖書館出版品預行編目資料

獵命師傳奇.Fatehunter／九把刀 著；
——初版.——台北市：蓋亞文化，2005【民94-】
冊；公分.——（悅讀館）

ISBN 986-7450-37-X（第6卷：平裝）

857.83　　94002005

悅讀館　RE015

獵命師傳奇系列【卷六】

作者／九把刀（Giddens）
繪圖／翁子揚
出版／蓋亞文化有限公司
　地址◎台北市103承德路二段75巷35號1樓
　電話◎（02）25585438　傳真◎（02）25585439
　網址◎www.gaeabooks.com.tw
　服務信箱◎gaea@gaeabooks.com.tw
　投稿信箱◎editor@gaeabooks.com.tw
　郵撥帳號◎19769541　戶名：蓋亞文化有限公司
法律顧問／宇達經貿法律事務所
總經銷／聯合發行股份有限公司
　地址◎新北市新店區寶橋路二三五巷六弄六號二樓
　電話◎（02）29178022　傳真◎（02）29156275
港澳地區／一代匯集
　電話◎（852）27838102　傳真◎（852）23960050
　地址◎九龍旺角塘尾道64號龍駒企業大廈10樓B&D室
初版十七刷／2021年7月
定價／新台幣 180 元
Printed in Taiwan

ISBN／986-7450-37-X

獵命師傳奇

天命在我・自創一格
——創意命格有獎徵文活動

替獵命師們構想奇命！為自己開創中獎命數！

由於反應熱烈，命格徵文活動將改爲每冊固定舉行。我們會在每次《獵命師傳奇》出版前，固定由作者九把刀遴選投稿，讓你設計的命格在下一集《獵命師傳奇》的世界中登場。

獲選者可獲贈《獵命師傳奇》周邊商品，及九把刀最新作品一本。

■注意事項

⊙命格投稿請比照書中一貫的描述格式，並填寫本回函所附表格。
⊙請參加讀友留下正確姓名地址，以便發表時註明構想者與贈獎。
⊙本活動遴選之命格使用權利歸蓋亞文化有限公司所有。
⊙活動及抽獎結果，將於每集《獵命師傳奇》出版時公佈於蓋亞讀樂網。
⊙本抽獎回函影印無效。

姓名：＿＿＿＿＿＿＿＿ **生日　　年　　月　　日 性別：□男□女**

聯絡電話或手機：＿＿＿＿＿＿＿＿

E-mail：＿＿＿＿＿＿＿＿＿＿＿＿＿＿＿＿

地址：□□□

＿＿＿＿＿＿＿＿＿＿＿＿＿＿＿＿＿＿＿＿

命格名稱：＿＿＿＿＿＿＿＿＿＿＿＿＿＿＿＿

命格：＿＿＿＿＿＿＿＿＿＿＿＿＿＿＿＿

存活：＿＿＿＿＿＿＿＿＿＿＿＿＿＿＿＿

徵兆：＿＿＿＿＿＿＿＿＿＿＿＿＿＿＿＿

特質：＿＿＿＿＿＿＿＿＿＿＿＿＿＿＿＿

進化：＿＿＿＿＿＿＿＿＿＿＿＿＿＿＿＿

關於命格投稿，九把刀會針對投稿者的想法創作更完整的設定修改，以符合故事須要，或九把刀個人愛胡說八道的壞習慣。戰鬥吧！燃燒你的創意！

廣告回信 郵資免付
台北郵局登記證
台北廣字第00675號

TO：蓋亞文化有限公司　收

103 台北市承德路二段75巷35號1樓

GAEA